中公文庫

食卓のつぶやき

池波正太郎

中央公論新社

目次

食卓のつぶやき

ミルクなしのコーン・フレイクス

日本橋の八重洲口に近いところの〔千疋屋《せんびきや》〕のアイス・コーヒーが旨《うま》いので、夏のデパートの買い物の帰りはよく立ち寄るが、或《あ》る日、私のとなりのテーブルにいた男の二人の大学生が、

「なあ、金もらったって仕様がないなあ」

「ウン、仕様がない」

「これ以上、別に、ほしいものもないしなあ」

「ない」

「いまの時代はなあ、金があってもつまらないなあ」

「ウン、つまらない」

などと、語り合っている。

学生だから当然、彼らは若いのだが、語り合う声や、表情は、まったく冷《さ》めきって

いて、若者らしい感情のうごきがない。

彼らは別に大金持ちの息子たちではないのだろうが、いまの日本は社長も社員も学生も、その生活に大差がなくなってしまった。

現代の若者たちは、苦難の二文字を知らぬ。

近ごろ、私が書いている時代小説のファンになってくれた男の学生さんの手紙によると、

「私が時代小説を読んでいると、友人たちが、お前、枯れたな、といいます」

なのだそうな。

そうした若い人びとが、

「金があっても、つまらないなあ」

八十すぎの老人のように、ためいきまじりでいっているのだ。

そうして、若い女の子が食べるような甘い甘いクリームのかかったケーキを三個も食べている。

むろんのことに、すべての若者が、この二人と同じではない。しかし、日本という狭い島国へ隈《くま》なく行きわたった高度成長によって、真の哀しみ、よろこび、怒りなどの感情を知らぬ若者が多くなったことは事実だろう。

大人たちも、忘れかけている。

ために、わずか百年、二百年前の日本人を描いた時代小説を読むと、

（へえ……むかしの日本人は、こんなことを考え、こんなことをしていたのか……）

びっくりする。

こんなことは、いまの学校では教えてくれない。そもそも、先生が知らないのだから仕方がない。

そこで、つぎからつぎへと良質の時代小説を漁《あさ》り読み、

（いったい、いまのぼくたちは、どうなっているんだ⁉）

今度は、真剣に悩みはじめるらしい。

だが、アメリカともなれば、大いに事情がちがってくる。日本にいては、想像もつかぬほどの広大な国なのだ。

たとえば、日本の北海道と九州の差など問題にならぬ気候と風土の激しい変化と、混成民族の複雑きわまる社会とによって、国民の生活も、いまなお、多種多様なのである。

さて、千疋屋を出た私は銀座へもどり、東和の試写室へ入った。

プレスと一緒に、小さな函《はこ》をわたされる。函の中には紙のハンカチーフが三枚入っていた。

この日の試写は〔ロングウェイホーム〕というアメリカ映画で、この映画を観て涙が出たら、

「このペーパー・ハンカチでふいて下さい」

というわけだ。

私は苦笑しながら、この函をポケットへおさめた。

映画が、はじまった。

やくざな父と母が、三人の、まだ幼いわが子を捨てて蒸発してしまう。

家具もない、荒涼とした小さな家に取り残され、七つか八つの長男は、弟と妹を食べさせなくてはならぬ。

長男は、ミルクを盗み、コーン・フレイクスを盗む。

たまたま、牛乳を積んだ自動車が見つからぬときは、コーン・フレイクスだけを弟妹に食べさせる。

三つか四つの妹が、

「お兄ちゃん。ミルクをかけてくれなくちゃ食べない」

という。

「食べないと、死んじまうよ」

と、兄がいい、むりにも食べさせる。

この映画は、実話を映画化したものだ。

太平洋戦争が終わった後の、飢餓《きが》生活を経験した人びとは、このシーンでは泣かないだろう。

あのころの状態は、もっとひどいものだったからだ。

さすがに現代のアメリカは、このような子供たちを捨ててはおかない。日本でも同様だ。

三人の子供たちは養護センターへ引きとられ、やがて、別れ別れに里子へ出される。車で連れ去られる弟と妹を追って街路へ飛び出す兄。しかし、どうにもならない。兄も、また、里子へ出されてしまう。

成長した兄は、弟妹の行方を探すが見つからぬ。いや、養護センターでは知っているのだが、弟妹が成長するまでは教えぬ規則がある。

この三兄妹を担当する婦人カウンセラーを、演技派のブレンダ・バッカロが演じ、この映画の要《かなめ》となっているわけだが、いよいよ、クライマックスとなり、まず、兄と弟が十六年ぶりに、カウンセラーの手引きによって再会をする。

たがいに、

(どのような人になっているだろうか?)

その不安と懐疑をもてあましながら、おずおずと語り合ううち、しだいに打ちとけ、再会のよろこびが二人の体に顔にあふれてくる。このシーンの演出が、感傷におぼれず、若い二人の俳優もまたよい。

ここに至って、私はポケットの函から紙ハンカチを一枚つまみ出した。

ラスト・シーンは、空軍士官の妻となっている妹との再会が空港内のロビーでおこなわれる。

このシーンもよい。

映画が終わったら、紙ハンカチの入った函は空《から》になっていた。

齢《とし》をとったので、涙もろくなったのだろうか……。

いや、私は少年のころから、映画や芝居を観て泣くことがよくあったと、老母はいう。

夜ふけに帰宅し、入浴をすました私へ家人が、

「夜食は何にします?」

「塩の握り飯一個」

「……？」

家人は、怪訝《けげん》な顔つきになり、台所へ下りて行った。

時代小説の食べもの

現代は、冬の季節にも茄子《なす》や胡瓜《きゅうり》が食べられるし、夏にも養殖による冬の魚介《ぎょかい》が膳にのぼる時代だから、日本の四季と食べものの関係が、人びとの心の内に居座らなくなってしまった。

私が自分の時代小説の中へ、しばしば、食べものを出すのは、むかしの日本の季節感を出したかったからにほかならない。季節の移り変わりが、人びとの生活や言動、または事件に、物語に影響してくる態《さま》を描きたいのだ。

ところが、読者の大半は、

「あなたの、あの小説に出て来る何々の料理は旨そうだ」

「ああしたものは、何処《どこ》へ行けば食べられますか?」

などというのみで、季節については、あまり興味をもたぬようである。

ことに、いまの都会の生活は、コンクリートと車輛《しゃりょう》の渦巻《うずま》きの中で暮らしている

ようなものだから、単に、

「暑い」

「寒い」

というだけで、四季それぞれに移り変わる微妙な感触が、生活から消えてしまったのは仕方もない。

むかしの人……たとえば、江戸時代の侍などは、自分の日記に食べもののことを丹念に記しており、そうした資料が、私どもの手にたまたま入ることがある。

以前に私が書いた〔同門の宴〕という小説で、中年の侍が二人、若いころの恋人たちに再会し、浅草の駒形堂《こまがたどう》の近くの〔和田平《わだへい》〕という鰻屋《うなぎ》で、食事をする場面がある。

ここで私は、鰻のほかに、浅漬《あさづ》けの薄《うす》打ち、味噌漬けの茄子。それに山葵《わさび》と煎酒《いりざけ》をそえたしめ鯛を膳に出した。

これを読んだ知人が、

「山葵と煎酒でしめ鯛なんて、そんな懐石《かいせき》料理じみたものを、江戸のころの鰻屋で出すものだろうか？」

そういったけれども、これには根拠がある。

信州・松代十万石、真田家の藩士で植田左盛という人が、公用で主家の江戸屋敷へ出張して来て、友人にさそわれ、浅草《せんそう》寺へ参詣をした帰途に、駒形の鰻屋へ立ち寄り、酒食をしたときのことを日記に書いていて、そこにくだんのしめ鯛が出てくるのである。

中年の男たちが、むかしの女と、たのしく酒を酌みかわす場面ゆえ、鰻だけでは、ちょいとさびしくおもい、しめ鯛を出したのだ。

これは江戸時代も末のころになり、人びとの口もぜいたくになってきているわけだが、江戸時代も元禄のころまでは、侍の食膳も、まことにつつましいものだった。

近江・膳所《ぜぜ》六万石、本多家の重役の一人の夕飯の膳に出たものは、

——大根のなます。しいたけと豆腐の煮物。香の物に吸い物。

たったこれだけである。

けれども、この重役がわざわざ日記に書きとどめているところをみると、やはり、食べたものへの関心があったからにちがいない。

かの〔忠臣蔵〕で有名な大石内蔵助の晩酌《ばんしゃく》の肴《さかな》は、妻が手づくりの柚子《ゆず》味噌一品のみだったそうな。

だが、大石内蔵助は中年になってから、たまさかに、近江から牛肉の味噌漬けを取

り寄せ、これを金あみへのせ、焙《あぶ》って食べた。

牛肉は、現代でも高価だが、当時はさらに高かったろう。

日本における牛と馬は、

「人と同じ……」

であって、人の労働をたすけ、共にはたらくわけだから、この生きものの肉を食べるなどとは、

「とんでもない……」

ことだった。

内蔵助は、

「この牛の肉などを、せがれの主税《ちから》などに食べさせますと、精がつきすぎていけませぬ。ゆえにめったには食べさせませぬ」

などと、知人への手紙に、したためたりしている。

私の母方の曽祖母は、名を浜《はま》（祖母と同名）といい、若いころは摂州・尼ケ崎四万石、松平遠江守の奥女中をつとめ、殿さまの〔お袴《はかま》たたみ〕が役目の一つだったというが、私が十一歳のころまで存命していてくれた。

私が、この曽祖母から受けた影響は非常に大きい。初老の男となったいま、それがひしひしと感じられる。

曽祖母は蕎麦《そば》が大好きで、私を連れて湯屋へ行った帰り途には、かならず、蕎麦屋へ立ち寄った。ちょっと竹町まで足をのばし、私の小学校の級友・山城一之助の父上がやっていた万盛庵という蕎麦屋へ入ることもあった。

近辺の蕎麦屋では、何といって、

「ここが、いちばんだよ」

と、曽祖母は万盛庵をほめた。

子供のころは、だれでもそうだろうが、蕎麦なんかよりも、ライスカレーかカツライスがいいにきまっているのだが、曽祖母は、

「生きものの肉を食べるなんて、ちかごろの人はどうかしている。いまにきっと、罰《ばち》があたるよ。いいかえ、正太郎。お前だけは決して、獣肉《ももんじい》なぞ食べなさるなよ」

私を、いましめた。

私が「そんなら、魚もいけないだろ。魚だって、生きものだもの」と、いうと、

「お前の、それがいけないくせだよ。すぐに理屈をいう」

曽祖母は、まじめ顔で、私を叱った。

外で喧嘩をして、殴られて、泣きながら帰って来ると曽祖母は私の木刀を取って来て、

「さ、これで敵《かたき》を討ち取っておいで」

と、いう。

仕返しを果たして帰って来ると、近くの洋食屋でカツライスを奢《おご》ってくれた。

曽祖母が死病の床へついたとき、

「毎日、そうめんが食べたい」

というので、私は学校から帰ると、遊びに飛び出す前に、そうめんを茹《ゆ》で、汁《つゆ》をこしらえた。母や祖母がいそがしかったので、私は母から、つくり方を教わり、曽祖母が亡くなるまでつづけた。

可愛がっていた曽孫《ひまご》の、しかも小学生の私がつくるそうめんだけに、曽祖母は相好《そうごう》をくずしてよろこび、

「ごほうびだよ」

そのたびに、巾着《きんちゃく》の中から金五銭を出し、私によこしたものだ。

約五十年前の、夏の盛りのことだった。

ナポレオンの食卓

フランスをまわっていると、

「いたるところに……」

といってよいほどに、ナポレオンとジャンヌ・ダルクの遺跡にめぐりあう。

私が少年のころ、ことにナポレオンは、なじみの深い英雄だった。

少年雑誌や伝記類などによって、私たちは、このフランスの英雄のイメージを否《いや》でも脳裡《のうり》の底へきざみつけられてしまったようだ。

少年ばかりではない。むかしの少女も、ナポレオンとジョセフィーヌのロマンスに胸をときめかせていたのだ。

それが証拠に……。

去年、私の老妻を初めてフランスへ連れて行ったとき、

「お前は、先《ま》ず、何が見たい？」

尋ねると、妻は、

「ワーテルローの古戦場が見たいです」

と、いうではないか。

意外でもあり、おどろきもした。

「なぜ、そんなところが見たい？」

「だって、ナポレオンがウエリントンと戦って敗れたところだから……」

「ふうん……」

ともかくも、それほどに、むかしの子供たちはナポレオンに親しみをおぼえていたことになる。

それで、フランスからベルギーへ入ってワーテルローの古戦場を見たわけだが、これは私にとっても、すばらしい見物だった。

ところで……。

パリ近郊のルエーユ・マルメゾンに、ナポレオンが年上の妻ジョセフィーヌといとなんだ美しい別荘がある。

ナポレオンをめぐる女たちは何人もいるが、やはり、彼がもっとも愛していたのは、糟糠《そうこう》の妻ジョセフィーヌだったのだろう。

大ナポレオンが、まだ軍司令官だったころ、マルメゾンの地を訪れ、

「此処《ここ》は、実によいところだ」

すっかり気に入ってしまい、ジョセフィーヌにも検分させた上で、某金融業者から土地と建物を買い取った。

やがて、ナポレオンは皇帝となる。したがって、ジョセフィーヌは皇后となったわけだ。パリのノートル・ダム寺院における戴冠式《たいかんしき》で、ナポレオン一世が、ひざまずくジョセフィーヌの頭へ皇后の冠を自らかぶせてやっている情景を、有名なダヴィドの絵画によって私が知ったのは、八つか九つのころだ。少年倶楽部の付録に、ナポレオンの一代記を描いた名画の複製がついていたからである。

後に、ナポレオンはジョセフィーヌと離婚し、オーストリアの皇女と結婚する。政略的な結婚でもあったろうが、実はジョセフィーヌとの間に、子が生まれなかったからといわれてもいる。

離婚後のジョセフィーヌは傷心を抱いて、マルメゾンの館へ引きこもり、ナポレオンがエルバ島へ流された年に死去した。

エルバ島を脱出し、ワーテルローの決戦にすべてをかけたナポレオンは、いつになく作戦の判断を誤り、勝てるはずの戦に負けてしまう。このときの戦陣におけるナポ

レオンは、決断力を欠き、

（別人か……？）

と、おもわれるほど、万事につけて煮え切らないのだ。

かくて、ナポレオンはセント・ヘレナ島へ流されて生涯を終わるわけだが、フランスを去る前にマルメゾンの館を訪れ、いまは亡きジョセフィーヌとの思い出を偲《しの》んで立ち去りがたかったという。

私がマルメゾンの館を訪れたのは、三年前の秋のことだったが、閉館寸前の夕闇《ゆうやみ》がただよう庭から、魅惑的な館の中へ入って、ナポレオンの寝室を見たときは目をみはったものだ。

戦陣の天幕の内を想わせる質素なインテリアだったからだ。ジョセフィーヌの香水の匂いが、まだ、たちこめているかのような、彼女の艶麗《えんれい》きわまりない寝室とは、あまりにも対照的な皇帝の寝室である。

戦陣における自分に、ナポレオンは、もっとも強烈な活力と、そして安らぎをおぼえたのではあるまいか……。

このようなナポレオンゆえ、食事などには、あまり贅沢《ぜいたく》をせず、深い関心もなかったようだが、イタリア遠征の折に、マレンゴ地方でバターが一片もなくなってしまい、料理人が大いに困った。そこで、トマトと鶏とニンニク、オリーヴ油をつかって調理したのが、あの〔プレ・マレンゴ（鶏のマレンゴ風煮込み）〕だという。

マヨネーズなども、若きナポレオンがツーロン港を包囲したときにつくられたという人もいるが、さて、どんなものだろうか。

ナポレオンを主役として、映画で演じた俳優は何人かいるけれども、いずれも落第だ。シャルル・ボワイエも、さすがのマーロン・ブランドも失敗した。

そもそも、ナポレオンとか、日本では西郷隆盛などは、いかな俳優でも表現しきれぬところがある。

いまから三十年ほど前に、アメリカ（パラマウント）がトルストイの〔戦争と平和〕を製作したが、監督には大ベテランのキング・ヴィダーをまねいた。

ピエールは、故ヘンリイ・フォンダ。ナターシアはオードリー・ヘプバーンだったが、この映画でナポレオンを演じたのは、イギリス俳優のハーバート・ロムだった。

これが意外によかった。

大軍をひきいてロシアへ攻め込むナポレオンを表現するだけでよかったのだし、それにはナポレオン同様に小柄で、鋭い眼光の所有者であるハーバート・ロムに適していた所為《せい》かも知れない。有名なボロジノの決戦も大がかりに撮影されたが、いよいよロシア・フランス両軍の戦端がひらかれるとき、ナポレオンの朝食の時間となる。するど、正装の給仕たちがあらわれ、テーブルのセッティングをはじめる。その真っ白なテーブル・クロースが印象的だった。大砲がとどろき、騎兵隊の突撃の声、馬《ば》蹄《てい》の響《とよ》みが一つになった決戦場の丘の上で、ナポレオンは幕僚たちに囲まれ、彼方に展開する戦況を睨《にら》みつけている。給仕たちが物々しく、銀の食器を運んで来る。

これだけで、フランス皇帝ナポレオンのムードが出る。さすがにキング・ヴィダーだとおもったが、ハーバート・ロムにしても、このように演出してくれれば、大いにやりやすくなるのだ。

それはさておいて……。

ナポレオンは有名な〔早飯〕だったらしい。

食べはじめたかとおもうと、

「もう終わっていた……」

そうである。

皇帝でもあったが、卓抜の戦将でもあった彼の面影《おもかげ》が彷彿《ほうふつ》としているではないか。

卵のスケッチ（A）

私が子供のころは、あまり、卵に興味がなかった。卵などというものは、病気にでもなったときに食べるものと、親も子も、そうおもっていた。

もっとも、これは東京の下町の場合で、山手《やまのて》ではどうだったか知らない。おそらく山手の子供たちは、卵に親しんでいたろう。

下町の子も、生卵へ醬油《しょうゆ》をたらし、これを炊《た》きたての飯へかけて食べることだけは好んだし、たまさかに、母が町の食堂へ連れて行ってくれたとき、食べるオムライスは大歓迎だった。

卵といえば、こんなはなしが残っている。

かの〔忠臣蔵〕で有名な大石内蔵助も、討ち入りの夜の腹ごしらえに、生卵を熱い飯にかけて食べているのだ。

元禄十五年（西暦一七〇二年）十二月十四日は、いよいよ吉良邸へ討ち入る当日だった。この日は現代の一月三十日にあたる。

大石内蔵助・主税の父子は、日本橋・石町《こくちょう》の小さな借家に住み暮らしていたが、十四日の夕暮れ前に石町の家を出て、日本橋・矢の倉の堀部弥兵衛・安兵衛父子の家へ向かった。

前日から降りしきっていた雪も、ようやくに小降りとなっている。

赤穂《あこう》浪士四十余名のうち、三分の一ほどが、この夜、堀部父子の家へ集まることになっていたのである。

堀部家へ到着した大石内蔵助は、瑠璃紺緞子《るりこんどんす》の着込みに鎖入りの股引《ももひき》をつけ、黒小袖に火事羽織という討ち入りの身仕度にかかった。

そのとき、堀部安兵衛の親友で、学名も高い細井広沢が、生卵をたくさんに籠《かご》へ入れたのをたずさえ、激励にあらわれた。

細井広沢は書家としても名高く、剣術は堀部安兵衛と共に堀内道場で修行を積んだ人物で、内蔵助も心をゆるしていた。内蔵助は自分が書いた討ち入りの趣意書を広沢に見せ、文章にあやまちがないかどうかを尋ねているほどだ。

折しも、堀部父子の妻たちは台所へ入り、腹ごしらえのための飯を炊きはじめていたが、そこへ細井広沢が生卵を持って来たので、

「ちょうどよい」

用意した鴨《かも》の肉を焙って小さく切ったのへ、つけ汁をかけまわしておき、一方では大鉢《おおばち》へ生卵をたっぷりと割り込み、味をつけたものの中へ、鴨肉ときざんだ葱《ねぎ》を入れ、これを炊きたての飯と共に出した。

このほかに、かち栗や昆布、鴨と菜の吸い物なども出したらしいが、内蔵助をはじめ一同は、何よりも鴨肉入り生卵をかけた温飯を大よろこびで食べたという。現代《いま》から約三百年ほど前の日本人が、生卵をこのようにして食べていたことがわかったのも、私が時代小説を書きはじめてからのことだ。いまも私は、大石内蔵助が食べたようにして間鴨《あいがも》と生卵を食べる。だれにでもできるし、なかなかにうまい。ただし、飯が、ほんとうの炊きたてでないと美味は減じてしまう。

鴨と生卵と温飯で腹ごしらえをした大石内蔵助は、亡き主君の浅野内匠頭《あさのたくみのかみ》・未亡人から拝領した頭巾《ずきん》をかぶり、討ち入り装束《しょうぞく》の上から合羽《かっぱ》をつけ、

「寒いのう。冷えるのう」

背をまるめて、つぶやきながら、積雪を踏んで吉良上野介の屋敷へ向かったのだった。このとき雪は熄《や》み、耿光《こうこう》たる月が雲間からあらわれた。

赤穂浪士が討ち入ったのは、翌十五日の午前二時前後だったろう。

卵といえば親子丼。これも、子供のころには食べたいとおもわなかった。それが、いまは親子丼を好むようになったについては、あの太平洋戦争の影響がないでもない。

むかし、横浜の弁天通りに〔スペリオ〕というカフエがあった。

さあ、そのころの横浜の、そして弁天通りの、こうしたカフエのことを、どのように表現したらよいだろう。

まるで、外国の港町に来ているようなおもいがした。

秋になると、弁天通りには霧がたちこめていて、外国の船員がパイプをくわえ、ペルシャ猫を抱いて歩いていたりした。カフエの女給さんたちも、東京では絶対に見かけない親切さがあり、モダンだった。

〔スペリオ〕の石川貞《さだ》さんも、そうした女性のひとりだった。私が〔スペリオ〕へはじめて入ったのは、まだ、少年といってもよい齢《とし》のころで、鎌倉の鶴岡八幡宮へ友人と初詣に行った帰りにハマへ寄り、散歩するうちに〔スペリオ〕へ入った。

たしか、鰈《かれい》のフライでワインをのんだようにおもう。女給たちは若い私たちをおもしろがって、いろいろとからかったりしながらも、親切にしてくれたものだ。

こうして私は〔スペリオ〕へ行くようになったのだが、いよいよ太平洋戦争になると、私も海軍に召集された。

そして、後に横浜航空隊へ配属されたのだが、東京は外出禁止となっている。そこで〔スペリオ〕へ行き、東京の家へ電話をかけさせてもらった。

〔スペリオ〕は休業中だった。戦争のために、酒も食物もない時代となっていたのである。

〔スペリオ〕の扉を叩くと、おもいがけずに石川貞さんがあらわれ、

「あら、正ちゃん。その恰好《かっこう》、何?」

と、私の一等水兵の軍服を指した。

「わからないの。海軍にとられたんだよ」

「へえ……あんたなんか、海軍へ入ったら、いっぺんに死んじまうんじゃない」

と、口ではやっつけておきながら、私を中へ入れて電話をかけさせ、自分はすぐに台所へ飛び込み、貴重な鶏肉と卵と海苔《のり》で、私のために親子丼をこしらえてくれたのだ。

そのうまさを、何にたとえたらよかったろう。おぼえず、泪《なみだ》ぐんで食べた。

このことがなかったら、私は親子丼を食わずぎらいのままに通してしまったかも知れない。

戦後に、石川貞さんは〔スペリオ〕のマダム（いま流行のママという、あまったれた言葉は貞さんにふさわしくない）となり、店を馬車道の近くへ移したが、数年後に郷里の長崎で急逝《きゅうせい》してしまった。

その後、貞さんの下ではたらいていた野村君江さんがマダムとなり、ハマの〔スペリオ〕はいまも健在である。

横浜へ行ったときは、かならず〔スペリオ〕へ立ち寄り、先代のマダムを、いまのマダムと共に偲ぶことにしている。

卵のスケッチ（B）

卵といえばオムレツ。これも子供のころには興味はなかったが、祖母や母がつくるオムレツというのは、ちょっとうまかったものだ。

いまでいうなら〔和風オムレツ〕というところか……。

先ず、牛肉の細切《こまぎ》れとタマネギ、小さく切ったジャガイモを、醬油、酒、少量の砂糖でこってりと煮ておく。これをオムレツの中身にするのである。

いかにも、むかしの東京・下町の女たちが考えそうなオムレツではないか。

そうして、食べるときにはウスター・ソースをかけるのだ。このオムレツは、いまも家人につくらせて食べる。

いずれにせよ、卵が〔傍役《わきやく》〕になっているときは、子供のときでも好んで食べたものだが、卵そのものが好きだったわけではない。ところが、たびたびフランスへ行くようになり、その田園をまわるようになってから、ようやくに卵の味がわかるようになってきたようにおもう。

フランスの田舎《いなか》には、城館や、その土地の貴族の居館などがホテルになってい、古めかしい旧態をとどめつつ、バス・ルームや洗面所だけは最新の設備をほどこしてある。野菜も卵も、その土地で生まれたもので、パンもジャムもママレードも手製だから、だれが食べてもうまい。

朝飯のときのコーヒー、しぼりたての牛乳、焼きたてのパン。そのパンがあまりにうまいのでナプキンで包み、昼飯どきに森の中や川岸へレンタカーを停め、近くの村でビールやらワインやらを買って来て、昼飯をピクニックの気分ですましてしまうことも毎度のことだ。

四年前に……。

マルセイユの旧港の岬を東へまわったところの地中海に面した入り江にある〔プチ・ニース〕というホテルへ泊まった。

このホテルも、このあたりの貴族の居館か別荘だったらしい。中年の主人はその後《こう》裔《えい》でもあろうか、人品のよい、ちょっとフランスの映画俳優フランソワ・ペリエに似ていて、料理の注文は主人みずからテーブルをまわって受ける。

この夜は、小海老が銀の小さな鍋に入っているオードヴルや、ヒレ・ミニヨンの青《あお》胡椒《こしょう》風味などを食べて大いに満足したわけだが、若い給仕がワインを運んで来て、年代ものらしい立派なデキャンタへワインを移しているとき、手がすべってデキャンタが落ち、音をたてて床に割れ散った。

ワインの香りが食堂にひろがり、若い給仕は顔面蒼白《そうはく》となって立ちすくんだ。

すぐさま、主人が駆け寄って来て、私たちに詫びた。

給仕は奥へ入り、ワインを運び直して来た。彼は、まだ蒼《あお》ざめてい、恐縮しきっていて、手がぶるぶるとふるえている。

あまりに可哀相《かわいそう》なので、日本から持って来た布製のカレンダーを給仕の手へわたし、肩を叩いてやると、彼はびっくりしたようだったが、その後で料理の皿を運んで来たとき、フランス語がわかる友人のSへ、

「そちらのムッシューが、よき御旅行をつづけられますよう祈っておりますと、おつたえ下さい」

そういってくれた。Sが、私に通訳をしたので、私は立ちあがり「メルシ」といって給仕と握手をかわした。

彼は泪ぐんで、何やら低い声でいったが、私にフランス語はわからない。そこで二度、三度と、うなずいて見せたのである。

この様子を、彼方で主人が凝《じっ》と見ていた。

翌朝、食堂へ出ると、ホテルのマダムがあらわれ、

「義母《はは》が、わが家につたわったオムレツを一所懸命に焼いていますから、もう少し待ってやって下さい」

と、いうではないか。

私が、わずかばかり、若い給仕をなぐさめたことに対するホテルの隠居の心づくしなのだった。

隠居は、八十五歳になるという。

やがてオムレツができあがり、黒人の給仕が運んできてくれた。

えもいわれぬバターの芳香が口中にひろがり、そのうまさについては同行したSやOが、いまだに、

「忘れられません」

という。

旅情もあったろうが、八十余の老軀《ろうく》を調理室へ運んで、わざわざオムレツを焼いてくれた老女のあたたかい心情が、私にもSにも忘れられないのだ。

形にとらわれず、ざっくりと焼きあげ、わずかに焦げたところを見せた家庭《メゾン》プレーン・オムレツのすばらしさ。やはり、ただ焼いただけではなく、調理に秘伝のようなものもあったのだろう。

朝飯を終えると老女があらわれた。

礼をのべ、老女の額にキスをすると大いによろこんでくれた。

マダムは飾り棚から、古いバター壺《つぼ》を出して、私にプレゼントしてくれる。

ほんとうに、この日のマルセイユの朝はすばらしかった。

食物と料理と人の心は、このようにしてむすびついていて、その美しい記憶は、いつまでも胸をあたためてくれる。

その後、私は二、三度、フランスへ出かけているが、マルセイユが旅程に入っていなかったこともあり、

(プチ・ニースの御隠居に、もう一度、会いたいけれども、あの高齢では、もう亡くなっているかも知れない)

失礼だが、そうしたあきらめもあったのだ。

ところが、つい先ごろ、同行したSの友人で東京の〔山の上ホテル〕の副支配人をしている秋山さんが、

「去年、マルセイユへ行ったとき、プチ・ニースへ泊まったそうです」

と、Sが知らせてくれたので、

「あの御隠居は、もう亡くなってしまったのだろうな」

「いえ、それがピンピンして、非常に元気だそうですよ」

「ほんとうか？」

「ほんとうです」

私は来年、またフランスへ出かける。

こうなると、どうしても〔プチ・ニース〕へ泊まりたくなってきた。

同行するSも、

「ああ、また、あのお婆さんに会えるんですねえ」

眼を輝かせた。

「もう二度と、会えないとおもっていたけれど……」

「また、オムレツを焼いてくれるでしょうか？」

朝食(A)

いまの世の中は、物並《な》べて、固有の匂いというものが消えてしまった、かのようにおもわれる。

物並べて生産も人の生活も単一化し、物並べて鈍磨《どんま》してしまった現代では、それも当然ということか。

むかし、男たちの朝の目ざめは、味噌汁の匂いから始まった。

味噌ばかりではない。野菜も卵も豆腐も、醤油も納豆も焼き海苔も、それぞれに個性的な香りをはなち、そうした、もろもろの食物が朝の膳に渾然《こんぜん》とした〔朝のムード〕を醸《かも》し出していた。

食物のみではない。生物、植物の香りも千差万別であって、なればこそ、東京の町がそれぞれに匂いの個性をもっていた。

現代では、一部の田園のみに辛《かろ》うじて、そうした香りが残存しているにすぎない。

幼かったころの私へ、曽祖母や祖母が、子供の口には固い沢庵《たくあん》をわざわざ噛んで、やわらかくしたのに、ちょいと醤油をつけ、

「さ、おあがり」

と、朝の炊きたての飯の上へのせてくれたものだ。

また、白菜のやわらかいところをひろげて御飯を包《くる》み、

「うまいよ」

箸《はし》で、口の中へ入れてくれる。

四つか五つのころの、そうした朝の情景や食物の匂いを、いまもって忘れ得ない。

小学生になると、まさかに、そんなことをしてはもらえなかったが、私の海苔弁当をせっせとつくる母の手のうごきや、焼き海苔の香りは大形《おおぎょう》にいうなら、強烈なものといってよかった。

父と離婚した母は、つとめに出ていたので、私の弁当は海苔弁にきまっていたが、たまさかに前夜の惣菜《そうざい》の残り物のシューマイ（肉屋で買う）をフライパンで焼き、醤油をからめて、アルミニウムの弁当箱へほうり込んでくれているのを見たときは、胸が躍《おど》ったものである。

貧しい家庭だったが、私も弟も、通信簿（成績表）の栄養は〔甲〕だった。母は母

なりに気をくばって、たっぷりと食べさせてくれたのだろう。

母の月給日の夜は、子供ごころに待ちかねたものだ。

つとめの帰りに、母が肉屋でカツレツを買って来てくれるからだ。

このカツレツを、私は三分ノ一ほど残しておく。ソースをひたひたにかけて……。

そして、

「これ、明日の朝、食べるんだからね」

と、念を押しておく。

翌朝。このソース漬けになった薄いカツレツを熱い飯に乗せて食べるときのうまさといったら、こたえられないものだった。

これを、すっかり忘れていたところ、後年に、友人の井上留吉と山の温泉宿（法師温泉）へ泊まったとき、井上も少年のころから一夜ソース漬けにしたカツレツを好んだとみえて、宿の膳に出たカツレツを、

「半分は、朝まで残しておこうよ」

といったので、私も、またやるようになった。いまでもやる。

また、数ケ月に一度ほど、朝の膳にウインナ・ソーセージが出る。膳の傍の火鉢《ひばち》の金網で焙り、カラシ醬油で食べる。これも子供の私にとっては、天国の朝餐《ちょうさん》だった。

現在の私は、一日二食になってしまった。

仕事を夜半前後から明け方にかけてするので、目ざめるのは、どうしても十一時前後になってしまう。

ベッドで、先ず冷えたジュースをのみ、胃袋も目ざめさせる。このときにビタミンCをのんでいたが、

「朝はコーヒーをのむのだったら、効き目がないですよ」

などと友人にいわれたので、V・Cは夜半にのむことにした。

洗面して書斎へもどると、大きな盆に朝食が運ばれてくる。

御飯は一ぜん、煮豆、焼き海苔、粒雲丹《つぶうに》、納豆のようなもので、ときには前夜のカレーの残りや、シチューにパンということもある。

今朝は松茸飯に根深汁《ねぶかじる》だった。

六、七年前までの私は、この第一食にカツ丼を食べたりしていたし、第三食にあたる夜食も相当のボリュウムがあったから、躰も肥《こ》えたし、悪いところも出て来て、ちょっと危ないところだった。それが鍼《はり》の治療を六年つづけたおかげで、減食や投薬なしで七キロほど減量できた。

いまは快適だ。喘《あえ》ぎ喘ぎ地下鉄の階段をのぼっていたのに、軽々とのぼりきれるようになった。むかしのように、歩くのが大好きになった。

三年ほど前に、それまで目もくれなかった目刺《めざ》しを好むようになり、朝に晩に食べていたが、去年あたりから、また目もくれないようになった。初老の年齢には体調もいろいろと変わるらしい。

この七年間に、ヨーロッパへ五回ほど出かけたが、外国へ行くと、体調をととのえるために腹八分というよりは腹七分目の食事にしてしまうから、向こうへ行くたびに少食になったこともないとはいえない。外国で腹をこわしたらどうにもならぬ。

このごろは、夜食も果物だし、寝酒もほしいとはおもわない。ゆえに朝食がうまくなってきた。

ときには、朝の炒飯《チャーハン》もよい。

いずれにせよ、腹が空《す》いていれば、どんなものでもうまいのだから、過食にならぬようにすることが、以前は辛《つら》かったが、いまは平気になってきた。

六、七年前の私は、夜食に小さなビーフ・ステーキと御飯を食べるくらい何でもなかった。

そうしないと、夜半からの仕事ができなかった……というよりも、できないような気分になった。これがいけなかったのだろう。腰に神経痛が出たので鍼の治療をはじめなかったら、いまごろは完全に糖尿病になっていたろうとおもう。

今夜は、知人から新しく工夫された小さな盆のような鍋をもらったので、蛤《はまぐり》を入れた湯豆腐をこころみ、酒一合をのみ、秋刀魚《さんま》の塩焼きで御飯一杯。

このとき、松茸と牛肉を炒めたものが出て、うまそうだし、食べたかったけれど、

「明日の朝に出してくれ」

と、いった。

これで、明朝の、ささやかなたのしみが増えたことになる。

朝食（B）

若いころの朝飯は、三、四杯も食べて平気だった。むろんのことにうまかったからだろうが、若い肉体には当然の必要量といってよいだろう。

だが、何といっても朝飯を待ちかねたのは、戦争中に海軍へ召集された新兵時代だった。

前夜、釣床《ハンモック》へもぐり込んで眠るときから、もう腹が鳴っているのだ。新兵の教育と訓練は、すべて戦闘中のものとして叩き込まれる。腰を掛けることもゆるされない。のんびりと歩くこともゆるされない。歩くのなら「走れ！」なのである。

ばかばかしいとおもったが、もっとも戦闘中にのんびり歩いていたら、どうしようもないだろう。

ともかくも休む間もないスケジュールに追いまわされるのだから、三食を腹の中へ入れただけでは、とても間に合わない。

いつもいつも、空腹だった。

したがって、新兵教育中は痩《や》せ細るばかりだ。

消灯後に釣床へもぐり込むと、となりの釣床に、私と同じ浅草に生まれ育った長谷川君というのが、

「ああ……早く朝飯にならねえかなあ。ねえ、君。朝、煮豆屋が来ると、おふくろがね、ウズラ豆を買ってくれるんだよ」

などと、私にささやきかけてくる。

「朝のウズラ豆か……」

「ウグイス豆も、ぼく、好きだったなあ。それから納豆売りの、ミソ豆もいいなあ。カラシをたっぷりと醬油に入れて、ネギをね……」

「うるさい！　だれだ、ゴソゴソいっているのは」

と、これは教班長の大声である。

日中の疲れで死んだように眠っているのを起床ラッパで起こされるのは辛いが、何しろ朝飯のたのしみがある。

味噌汁とタクアンと、たまさかに少量の佃煮《つくだに》がつくだけの朝食だが、たちまちに腹の中へおさまってしまう。

みんな、飯が半分ほどになると味噌汁をかけて食べた。

子供のころ、曽祖母が、

「正太郎。汁かけ飯はいけないよ」

と、たしなめたものだが、そんなことをいってはいられない。少しでも飯の量を増やしたい一心で味噌汁をかけるのだ。

新兵教育が終わり、それぞれに所属が決まって新兵たちは別れ別れとなる。そうして一等兵から上等兵になるころには、躰に肉がもどって来るのである。

一人っ子で、お母さんから可愛がられて育った優しい長谷川君は、別れてから何処へ配属されたのだろう。二度と会っていないが、いまも、彼が生まれ育った浅草・田中町のあたりを歩くとき、かならず彼の顔が脳裡に浮かぶ。

だれやらが、

「清元師匠で、もう十年も、わびしく古《ふ》り住む田中町」

と、都々逸《どどいつ》にうたった、あの田中町だ。

もっとも、いまは浅草に〔田中町〕という町名は消え、町の情緒も共に消え失せてしまった。

旅の宿での朝食。これは、たしかにうまい。どのようなものを出されてもうまい。旅情もあるだろうが、平常の朝食とはがらりと味が変わったおもいがして、めずらしいこともあるのだろう。

そうなると、どうしても、ビールか酒を朝からやりたくなってくる。

たとえば、この春に熱海・伊豆山の〔蓬萊《ほうらい》〕という、美しい宿屋に泊まったが、そのときの朝食の膳は、つぎのごとくだった。

鯡《にしん》の昆布巻き、焼き海苔、湯豆腐、新鮮な鰺《あじ》の干物、味噌汁（伊勢海老の殻の出し汁で豆腐入りの白味噌仕立て）。

それに香の物、梅干し。

いずれも、丹念に調理されている。

これで、ゆっくりと酒をのみ、食事をすませて、二、三時間を寝転がってすごす。

「もったいないようだな」

つぶやくと、同行の人が、

「たまにはいいでしょう。一年中、おたがいに、ろくに休まず、はたらいているんですから……」

なぐさめてくれた。

「宿の朝飯といえば、桑名の船津屋を思い出すなあ」

「ほんとうに……」

むかしの、伊勢・桑名の船津屋の朝の膳は、冬になると炬燵《こたつ》で食べさせてくれた。炬燵の上へ台を置き、小さな焜炉《こんろ》の上へ湯豆腐の鍋を乗せる。

桑名名物の蛤が入った湯豆腐で、こうなれば絶対に、酒が必要なのだ。

(のめない人は可哀相だ)

つくづく、そうおもうのも、このときである。

新国劇の脚本と演出で食べていたころ、劇団の名古屋・御園座の公演中に、私の脚本を稽古《けいこ》したりするときは、一日は名古屋からぬけ出し、船津屋へ泊まったものだった。

勢州・桑名は旧東海道五十三次のうちでも有数の宿駅で、十万石の城下町でもある。

尾張の宮《みや》駅(熱田)から海上七里を船でわたり、旅人は桑名の船着き場へ着く。

そこには、伊勢神宮の一ノ鳥居が建っているのだ。何と、旅の情趣の深いところだったろう。

船津屋の二階座敷からは、その一ノ鳥居が、手もとどくほどの近間に見える。

十二月のはじめの、冷たい雨がけむる朝。

船津屋の朝の湯豆腐で酒をのんで、そのまま炬燵の中へ足をのばして、その日も、もう一晩泊まれるというときなどは、一年の深い疲れが、みんな消えてしまうような気がしたものだ。

こうした朝の雨は、たまらなく好きである。

ここ何年にも、船津屋へ行く機会がない。

「大黒屋の鯉《こい》こくは、たまらんがなも」

と、桑名からも程近い多度神社・門前の大黒屋の鯉料理のことを私に教えてくれた船津屋の老女中・おあきさんは元気でいるだろうか……。

また、おあきさんと絶妙のコンビをほこる老女中で、里芋のような顔をしたおゆりさんに変わりはないだろうか……。

そして、船津屋の朝の膳には、いまも蛤入りの湯豆腐が出るのだろうか。

芝居と食べもの

むかし、十五世・市村羽左衛門が直侍《なおざむらい》に扮して入谷村の蕎麦屋で〔かけ〕を注文し、雪の夜の熱い〔かけ蕎麦〕で酒をのむと、芝居がはねてから、劇場周辺の蕎麦屋が満員になったという。

むろんのことに、舞台へ本物の蕎麦を出すわけだが、羽左衛門の蕎麦と酒のあつかい様《よう》も粋《いき》なものだし、何よりも、このときの蕎麦は芝居の邪魔にならない。

直侍につづいて蕎麦屋へ入って按摩《あんま》の丈賀《じょうが》と蕎麦屋夫婦とのやりとりになっていて、それを直侍は、蕎麦と酒をやりながら聞いているからである。

しかも、ここへ丈賀が登場することによって、後の芝居に、ぬきさしならぬアクセントがつくわけだから、これは脚本がうまいのだ。

私も劇作家だったころ、自分の脚本に食べものや飲みものをいろいろと出して見たが、ほとんど、うまく行ったためしがない。

もっとも、高田の馬場へ駈けつける中山安兵衛が腹ごしらえのために飯を掻《か》き込むシーンだけは、だれが書いても客の喝采《かっさい》をよぶ。

何しろ、自分が担当する芝居の時間が決まっているだけに、舞台でのんびりと役者に食事をさせていたりしては、時間に喰い込まれるし、舞台もダレる。

物を食べることによって、ドラマが盛りあがるのならいいわけだが、たとえ一杯の茶でも、テムポに狂いを生じることがある。

数年前に、私の連作小説〔剣客商売〕を自分で脚色・演出して、帝劇で上演したときは、老剣客の秋山小兵衛を中村又五郎、その息子の大治郎を加藤剛という配役だったが、その序幕の第二場・小兵衛の隠宅へ、女武芸者の佐々木三冬《みふゆ》が登場する。

三冬は、いまを時めく老中・田沼意次《おきつぐ》の妾腹の娘だが、剣術に打ち込んでいて、男装なのだ。

この三冬を演じたのは、新国劇の香川桂子で、秋山小兵衛が、

「ときに、三冬どのも、そろそろ、お嫁入りをなさらぬといけませぬな」

と、いう。

三冬は、

「とんでもないこと。他の女ごは知らず、三冬には剣の道があります」

と、胸を張り、

「なれど、私を打ち負かすほどの相手ならば、嫁《とつ》いでもよろしいとおもいます」

自信たっぷりに笑い、そこに出ている饅頭《まんじゅう》を取ってパクパクと、たちまちに二つほど食べてしまうのを、小兵衛が呆れ顔で見入るところがある。

私が、香川桂子へ、

「いいかい、三冬はこういう娘なのだから、饅頭を食べるときも二つに割ったりしないで、パクパクと、男の子が食べるように食べておくれよ」

と、注文をつけた。

「ハイ」

こたえたが香川は、苦労をした。

餡《あん》入りの饅頭をパクパクと、たちまちに二個食べるというのは、女優にとって、舞台の上ではなかなかむずかしい。

そこで香川は、自分の弟子の久田尚美に、

「餡を抜いておいてちょうだい」

と、たのんだ。

久田は有望な若手女優だったが、後に舞台を去った。

久田にいわせると、餡を抜いた饅頭を、それとわからぬようにするためには、

「ずいぶんと、苦心をいたしました」

とのことだ。

薄い皮だけを残して、それを元のような饅頭にしておくのも、なるほど、むずかしかったろう。

ともかくも、これで、香川はパクパクと食べられるようになり、したがって、秋山小兵衛の呆れ顔が引き立つことになったのである。同時に三冬の性格もはっきりと出る。

さて、いよいよ千秋楽の当日となった。

中村又五郎は歌舞伎の大ヴェテランであって、千秋楽のそそりをきっとやるとおもったので、私は監事室で舞台に見入りながら、

「又五郎さん。きっと、何かやるぜ」

と、傍のプロデューサーにいった。

〔そそり〕は、千秋楽に役者が、しゃれっ気を出して、思い思いに、おもいがけぬいたずらや演技をする。それをまた客も、芝居の関係者もうれしがるのである。

又五郎が、どこでそりをやるかと観ているうちに、件《くだん》の饅頭のシーンとなった。

すると又五郎は、饅頭のかわりに団扇《うちわ》ほどもある大せんべいを出して、

「さ、おあがりなされ」

と、やった。

一瞬びっくりした三冬の香川は、あやうくプッと吹き出しかけたが、

「頂戴いたします」

いうや、いかにも佐々木三冬らしく、拳《こぶし》を固めて、大せんべいを勇ましく打ち割り、口へ運んだのだった。

この芝居を初めて観た客には、おそらくわからなかったろうが、私たちは、

「やった、やった」

「二人とも、よかったですね」

大いに、うれしがったものだ。

そのときより何年も前に、新国劇で〔国定忠治〕が出て、忠治は、むろんのことに辰巳柳太郎が演じた。

私の芝居も合わせて上演されていたので、或る日、三階席の突端で観ていると、やがて大詰めの〔土蔵の場〕となった。

この場の国定忠治は中気を病み、声も出なくなり、躰も動かず、床の上へ横たわっているだけだ。

夜で、土蔵の中は暗い。忠治につきそっている二人の子分が、押し入って来る捕り手を相手に猛烈な殺陣《たて》を展開する。

ふと見ると、寝ている病人の国定忠治が客の眼をぬすみ、しきりに箸をうごかしているではないか。

幕が下りて辰巳の楽屋へ行き、

「あなた、何を食べてたんです？」

尋ねると、

「見えたのかい？」

「見ましたよ、三階から」

「しまった。カツ丼、食っていたんだ」

「いけませんね」

「だって、今月は出づっぱりで休む間がないんだもの。腹が減って腹が減って……」

辰巳柳太郎は真から、なさけなさそうな顔をして見せた。

そういえば、この優《ひと》、舞台で、これは堂々と、ドラマの中のものとして、魚を焼いて食べたりして、客をよろこばせ、自分もよろこんだりしていたものだ。

連想

〔剣客商売〕を帝劇で上演したときは、中村又五郎・加藤剛の秋山父子という絶好の配役を得て、それに、私の芝居には久しぶりで辰巳柳太郎が怪剣士・小雨坊《こさめぼう》と老中・田沼意次の二役を演じ、むかしなじみの新国劇の人びとが多く参加したので、私の時代物の舞台としては、おそらく、これが最後のものになるとおもった。

しかし、その後も舞台の仕事をやることになったわけだが、当時は、

（これを最後に、芝居はやめよう）

そうおもっていたのである。

このときは、一本立ての三幕十五場という、私の脚本にしては最も場数が多いものとなったので、帝劇の舞台機構を生かし、スピーディに場面転換をすることにした。

いつもは音楽を使用しない私なのだが、このときは音楽の必要を感じたので、プロデューサー辰巳嘉則君がヴェテランの作曲家いずみ・たくさんにたのんでくれた。

読み合わせから立稽古に入って、一通り見ていた、いずみ・たくさんが演出助手と語り合っているのを聞いていて、私は安心をしていた。

よほどのことがないかぎり、私はスタッフのすることに、あまり口をさしはさまぬ。で、私が役者たちへ稽古をつけ終えて帰ろうとすると、いずみさんが、

「ええと……この芝居の音楽、どのように考えておられますか?」

と、尋ねてくれた。

「そうですね……」

いいさして、ふと、向こうを見やると、当時は新国劇の座員で、殺陣《たて》の名手・真田健一郎(当時は藤森健之)が、マクドナルドのハンバーガーを食べている姿が眼に入った。

それを見たとたんに、私の口をついて出た言葉は、

「たとえば、ベニー・グッドマンのシング・シング・シングのイントロ、ジーン・クルーパのドラム」

であった。

いずみさんも演出助手もプロデューサーも、時代物の音楽がスイング・ジャズというので、びっくりしたような顔つきになったが、

「なるほど」

そこは、いずみさんである。

「わかりました」

うなずいてくれた。

私の言葉で、感じがつかめたらしい。

やがて、すばらしい音楽が出来あがってきた。ドラムを主調にした曲を、私は、たっぷりと使わせてもらい、その他の曲も、みんなよかった。

これは、真田健一郎が食べているハンバーガーが、ベニー・グッドマンのジャズを想起させたわけで、自分でも、おもいがけぬことだったのである。

このように、連想というものは飛躍的な、摩訶《まか》不思議なもので、眠っていて見る夢も同じようなものなのかも知れない。

私のような仕事をしているものにとっては、この連想を生むことが何よりも大事なことだ。

連想が乏しければ乏しいほど、仕事は枯渇《こかつ》してしまう。食べものから生まれる連想もあれば、飼っている犬や猫の姿が、連想をよんでくれることもある。

いまも小説新潮に書きつづけている〔剣客商売〕の一篇を書いていて、クライマックスまで来て行きづまり、二日も三日もペンがうごかなかったとき、白い飼い猫が眠っている姿が連想をよんで、たちまちに書き終えることができたこともある。そして〔白い猫〕という題名もつけることを得たのだった。

それは数年前のことだったが、今年の一月から、久しぶりで〔鬼平犯科帳〕の連載を始めることになり、通し題名をつけることに悩んでいた。連載小説を書くときの私の場合は、自分でも、どのような物語になるのかよくわからないので、通し題名をつけるのがなかなかにむずかしい。

そうした或る日の午後に、私は銀座のコーヒー店で、某誌の編集者を待っていた。

(コーヒーにしようか、それとも、クリーム・ソーダにしようか……)

私は、ちょっと迷っていた。この日は朝からコーヒーをのみすぎていたのだ。

そこへ、編集者があらわれた。

「君は何にする?」

「ミルク・ティ、いただきます」

迷っていた私も決断がついて、

「ミルク・ティ」

と、注文をした。

そのとたんに、鬼平犯科帳の通し題名が頭に浮かんだ。

〔迷路〕というのである。

また、これは三年ほど前のことになるが……。

週刊新潮へ連載を書くことになって、このときは準備の期間が相当にあったので、私にしては、めずらしく構想も丹念にねって、第一回の原稿も連載開始の半年前に出来あがった。

ところが、題名がなかなかに決まらぬ。

さっと、すぐに決められる場合もあるが、いったん拗《こじ》れてしまうと、どうにもならない。あっという間に半年が過ぎて、いよいよ〔作者の言葉〕なるものを編集部へわたす日がせまってきた。

連載が始まる前の週に作者の言葉と共に題名も発表される。

(困った……)

作者の言葉は書いたが、題名は締め切りの前日まで決まらない。

気分を変えようとおもい、映画を観に出かけた。観終わって外へ出た。

重苦しい気分に変わりはない。

行きつけの鮨屋《すし》へ入った。

鮨種で、ぼんやりと酒をのむ。

「どうかなすったんですか？」

鮨屋の職人が、私の顔をのぞき込むようにして尋ねた。

「いや、別に……」

酒を二本のんでから、鮨を食べはじめた。

こういうときは、食べるものに味が消えてしまう。

「今日は、あんまり、あがりませんね」

「海苔巻をたのみます」

「ハイ」

職人がスダレをひろげ、黒い焼き海苔を置き、その上へ白い飯をのせた。

その瞬間に、私はにやりとした。題名がぱっと決まったのである。

「海苔巻を食べたら、また、食べ直しだ」

「……？」

その題名を〔黒白《こくびゃく》〕という。

仙台にて

急ぎの所用あって、久しぶりに仙台へ出かけた。

東北の都市の中でも、仙台は、私にとってなじみが深い街だ。滞在した回数も多い。なぜなら、仙台には少年のころからの友人・佐々木正夫が商業美術の仕事をしているし、これも小学校の同級生だった笹川直政がＮＨＫ仙台支局にいたこともあり、仙台に近い松島には、私のファンで、つきあいが絶えていない釣舟屋の熊谷忠雄さんがいるからだ。しかし、このところ数年、仙台へは無沙汰《ぶさた》をしていたし、東北新幹線へ乗るのは初めてだった。

同行の友人とウイスキーをやりながら語り合っているうち、

「着きましたよ」

と、いわれ、

「何処へ？」

「仙台です」

「へえっ……」

このおどろきは、東海道新幹線へ初めて乗ったときと同じものだった。

仙台駅には、私たちの共通の知人Kさんが出迎えに来てくれていた。

「どうです、仙台も変わったでしょう」

「変わったことにはおどろかないけれど、仙台へ来た気分がしませんね」

狂気じみた交通の発達は、せまくて小さな島国をなおさらに、

「せまくしてしまった……」

のである。

私なども、東京から仙台まで三時間余で着いてしまうことに、おどろきもし、便利を感じるけれども、快感は少しもない。私たちは、駅前から青葉城の大手へ通ずる大道〔青葉通り〕に面したホテルへ入った。

このあたりの景観は、十五年前にくらべると見ちがえるようになった。東京もそうだが、戦後に整備された並木が三十余年を経て、ようやくに育ち、繁茂してきた上に、近代建築のビルディングがたちならんで、実に美しい。私たちは所用をすませ、夕暮れを待った。

仙台には〔ねぼけ庵〕という居酒屋の〔名店〕がある。

二十年ほど前に、この店を教えてくれた友人の言葉を、仙台へ来て佐々木正夫につたえると、

「そのとおり、いい店だよ」

すぐに、連れて行ってくれた。

市役所の近くの〔ねぼけ庵〕は外構えも内部も、むかしと全く変わっていない。

「五時になったら、すぐに飛び込まなくては……」

「そんなに込《こ》むのですか？」

「いまはどうです。Kさん」

「込みますよう」

五時きっかりに、私たちは〔ねぼけ庵〕へ入った。まだ、他に客は一人もいない。

カウンターの向こうの料理場にいた主人《あるじ》もまた、むかしのままの風貌だ。むかしから老けて見えたが、そのまま老けが停止してしまったような、無口な人物である。

「今日は何がうまいかな」

そういうと、主人と二人きりで店をやっているおかみさんが、

「何でも、うまいですよ」

しずかに、こたえる。

自慢の声ではない。自信の声なのである。先ず、しめ鯖《さば》と秋刀魚の饅《ぬた》をとる。

秋刀魚の饅なんて初めて食べた。

酒はヒレ酒。蠣酢《かきす》、鮭のハラコ。

「うまい、うまい」

の連発である。

牛タンの塩蒸しとアラ汁。

「うまいねえ」

ゼンマイと、トンブリのトロロ和え。八丈島のクサヤ、芋の子煮。

「これも、いいなあ」

鮟鱇《あんこう》を、ちょっと煮コゴリ風にしてタマネギをあしらった一品。いずれも、主人が知恵をしぼり出して創案したものだ。

客が、しだいに立て込んでくる。

「そろそろ出ましょうかね」

三人で、これだけうまいものを食べ、ヒレ酒を六、七合のんで、一万円でおつりがくるのだ。

人件費や店の拡張を押さえ、できるだけうまいものを、できるだけ安価に客へ出そうとする主人の意欲は、長年にわたって、この店を見てきた者ならば、たちどころにわかる。

「もう一軒、寄りましょう」

と、Kさんが〔河童亭《かっぱてい》〕という店へ案内してくれる。

赤いチョッキをした巨漢があらわれた。

主人の神永さんだ。この人は柔道で有名な神永さんの実兄である。ここでもまた、私は生まれて初めてのものを口にした。

すなわち、トナカイの刺し身である。ショウガとネギをあしらって、恐る恐る食べたが、とてもうまかった。冷んやりとやわらかく、下手な牛肉の刺し身よりずっといい。イワシの刺し身もよかった。

ホテルのバーで少しやすみ、私は部屋へ引き取った。二人の友人たちは、これからラーメンを食べに行くという。四十代というのは大したものだ。

翌日は、ゆっくりと目ざめて、朝昼兼帯に卵をつけた〔もりそば〕を近くの店で食べる。この日は帰京の途中に宇都宮で降りて〔存じやす〕という奇妙な店名のステーキ屋でステーキを食べる予定ゆえ、あまり食べないことにしたのだ。

ホテルへもどり、ロビーでコーヒーをのんでいると、Kさんがあらわれ、

「ちょいと松島まで行きませんか、ロンドン・タクシーで」

「何です、それは……」

「仙台の自動車会社がロンドンから輸入したタクシーです。オースチンか何かの、クラシック・カーですがね、ちょいと、いいですよ」

台数は少ないそうだが、観光シーズンでもないので、すぐに来てくれた。むかしなつかしい補助席が、ゆったりと二つもついて、赤い絨毯《じゅうたん》を敷きつめた黒塗りのロンドン・タクシーはすてきだった。冬も近い松島は、何だか荒涼としている。

帰京の列車の時間がせまってきた。

「あ、仙台のズンダ餅《もち》を食べるの忘れちまった」

「それは何です?」

「枝豆を擂《す》りつぶして砂糖を入れたのをね、搗《つ》きたての餅にまぶしたやつ」

「へへえ、うまそうだな」

Kさんと別れ、やがて宇都宮へ降りた私たちは件《くだん》のステーキ屋を探し、暗い夜の街をうろつき、やっと見つけた。

先ずウイスキーのオンザ・ロックスを二杯。

ステーキをのせた鉄板を、食べ終えると、いったん引きあげ、肉汁が残っている鉄板で御飯を炒めて出してくれた。この焼き飯がうまかった。

テレパシーと富士山

今年の早春のことだったが……。

友人のEとRが、ムックのための写真を撮らせてくれといってきた。

このムックの編集の指揮をとっていたEの注文は、つぎのようなものだった。

「伊豆のOホテルの離れで、朝食の膳に向かっている池波さんと、料理と、庭の芝生ごしに、彼方の空に浮かぶ富士山とを、一枚の写真に、すべて撮る」

なかなかにむずかしい注文で、カメラはベテランのSがえらばれた。

Oホテルは、EやRにも私にもなじみの宿で、山上の庭園の一角には、戦前からの離れ屋が数棟あり、富士山がよく見える。

もっとも、見えないときは数日滞在していても見えない。真冬が、いちばんよく見える。

さて、その朝。

Oホテルへついて来たRは、Sと助手と共に準備万端をととのえたが、前日までの快晴がくずれてきて、空は灰色の雲に被《おお》われ、富士山が顔を出す気配もない。

「困りました」

と、Rが、私のいる離れへやって来て、

「これでは、どうも、のぞみなしですね」

「でも、せっかくE君が考えたことなのだから、もう少し待ってみよう」

「はあ……」

一時間ほど待ったが、依然として、富士山は隠れたままだ。

それから二度ほど、Rがやって来て、

「もう仕方がありません。富士山は撮り直します」

「そうだね。では、そうしようか」

私は、身仕度にかかった。

別の離れ屋に朝の膳が出ていて、その前へ私が坐ると、開けはなったガラス戸の向こうの庭の彼方に、富士山が見えるというわけだが、三つのうちの一つは、あきらめなくてはならぬことになった。

Eの注文は、もう一つあった。

私に、和服を着てくれというのだ。

で、角帯をしめているとき、私の脳裡に、ぱっと富士山が浮かんだのである。

そこへ、Rがあらわれた。

「お願いします」

「富士山、まだ、ダメか？」

「ダメです、とても、これじゃあ……」

「いや、出るよ」

「え？」

「富士山、出るよ。だからね、出たら、すぐ撮れるように、カメラの仕度をちゃんとしておくほうがいいとS君にそういっておくといい」

自信たっぷりにいう私の顔を、Rは薄気味悪そうに見つめた。

というのは、それなりのわけがあったからである。

Eはデザイナーの江島任、Rは佐藤隆介といい、フリーのライターで、私とは親しい。

前年の暮れに、私は老妻とRを連れて、シンガポールへ行き、三日ほど滞在した。

シンガポールからバリ島へ向かう、その朝、私はホテルの案内書を見て、スペインの〔L〕の出店が、近くのマンダリン・ホテルの三階にあることを知り、すっかり仕度をすませ、案内人のロー君の車で、マンダリン・ホテルへおもむいた。

開店は午前十時という。それならば、どうにか空港出発の時間に間に合う。そこで店員が来るのを待ったが、十時になってもあらわれぬ。しかし〔L〕の製品が好きな私は「もう少し待ってみよう」と、十時三十分まで待ったが、ついに〔L〕の店員はあらわれない。

「もうギリギリです、時間が」

「仕方がない。空港へ行こう」

私たちは、エスカレーターでホテルの階下へ降り、ロー君の車へ乗り込もうとした。

そのときだ。

私の脳裡には、はっきりと女の店員が〔L〕の出店のガラス扉を開けている姿が浮かんだのである。

「R君、Lの店員が来たよ」

「え……?」

「さあ、大急ぎで買っちまおう」

むろんのことに、ホテルの車寄せにいて、三階の〔L〕の店が見えるはずはない。

私とRは、妻とロー君を玄関へ残し、エスカレーターを三階へ駆けあがった。

「あっ……」

と、Rが蒼くなった。

女店員が、ガラス扉を開けていたからである。

待っている間に、買いたい品物を決めておいたので、買い物は十分ですみ、二人は玄関へ引き返した。

「それにしてもおどろきました。テレパシーですね」

「そうかも知れない。気学の研究をやりはじめてから、自分でも気味が悪くなることがある」

Oホテルの離れの卓には、湯豆腐・カマスの干物・新鮮な野菜の煮物・味噌椀《わん》・焼き海苔など、朝食の膳がととのえられてあったが、これは撮影用のもので、すでに私は同じ朝食をすませている。時間も昼近くなっていた。

私は、膳の前へ坐り、

「富士が出る位置はわかっているね。出ても、この曇り空ではすぐに隠れてしまうから、顔を出したら大急ぎで撮っちまうんだ、いいかい」

「ええ」

うなずきながらも、カメラマンのS（下村誠）と、その助手は、うたがわしげに私を見ている。

私は、ワサビ漬けでビールをのみながら、庭のほうを振り向いても見なかった。

われながら、

（絶対に、富士山は顔を出す）

という自信が、ゆるがなかったからだ。

Rは気味悪そうに、私を見ている。

約二十分後だった。

「出ましたあ」

と、Sが叫んだ。

Sと助手が、大急ぎでうごきはじめる。

私は、カメラに撮られながら、Rへ笑いかけ、

「ちょいと、怖《こわ》くなってきたね」

と、いった。

蒼ざめたRは、黙ってうなずいた。

「終わりました」

約七分で、Sは撮影を終えた。

私が庭へ出たとき、早くも富士山は灰色のヴェールの中へ埋没しつつあった。

そのとき以来、私のテレパシーは、あまり、はたらかぬようだ。

料理人の星

二年ほど前から始めた気学の研究は、初老の年齢に達した私を、これまではおもいおよばなかった新しい世界へみちびいてくれつつある。

気学は、占《うらな》いではない。

気学は、統計学である。

そして気学は、人間という生きものに〔謙虚《けんきょ》〕であれと教えてくれる。

至難ではあるが、たとえ少しずつでも謙虚の道へみちびかれて行き、それによって、

「難を逃れる……」

ことを教えてくれる。

統計学であるから、私は私なりの統計を、これから何年もかかって積み重ねて行けば、いささかなりとも他人の役に立つことができるだろう。この二年間に、私があつめたデータのうち、先ず七割は的中してしまった。そのうちに、おもしろいことに気

がついた。

というのは、料理人は和洋を問わず、女の星をもっている人が多いということだ。

また、自分の生まれ年か生まれ月に女の星がないと、料理人として一流の腕前にはなれないような気がする。

たとえば先ごろ、著名な料理屋である〔吉兆〕の主人・湯木貞一さんが〔吉兆料理花伝〕という一巻を刊行した。

これによると湯木さんは、明治三十四年に生まれた。

この年は〔九紫《きゅうし》〕の年だ。生まれた月は五月（二十六日）であって、九紫の年の五月は〔二黒《じこく》〕になっている。

つまり本命星は九紫。月命星が二黒であって、二つとも女の星なのである。

本命の九紫は、明るい、はなやかな宿命をもち、名誉や名声を得て、頭脳明晰《めいせき》。ことに美意識が強く、感覚《センス》がよい。

〔吉兆〕という店のすべてを知っている人ならば、

（なるほど……）

と、うなずくにちがいない。

これだけ、めぐまれた星をもっていても、地道な努力を怠り、慢心ばかりつのってしまえば、今度は前途の宿命が裏へ裏へと出てしまうことになる。

ゆえに、湯木さんはこれまで、気をゆるめることなく、謙虚に努力をつづけて来たのであろうかと、私はおもう。

さらに、湯木さんの月命・二黒は妻の星だから、庖丁に縁が深く、年少にして、この道へすすむようになったのも当然というか、湯木さんの一生にとっては、まことに、めでたいことだったのである。

私が知っている料理人でMという青年がいる。

四年前から恋人がいて、いよいよ結婚をする決意をかためた。

ところが、双方の母親が、この結婚に大反対で、

「どうにも、困ってしまいました」

と、私にいう。

「そうかい。それでは、二人の母親の生年月日を調べて、ぼくに知らせなさい」

「彼女の母親は、ぼくのような料理人に可愛い娘をやりたくないというのです」

「いや、君は料理人がもっともよいのだ。しかし、なるべくならば、自分で店をもたぬほうがいい。君の本命の星は二黒で女の星だし、料理をすることには向いているが、

自分で一つの店を経営する星ではない。大きな人の片腕となって、これを助けるほうがいいんだ」

深く、うなずいたM君が、

「そうなんです。ぼくも、かねてから、そうおもっていました」

やがて、M君の彼女の母親の生年月日がわかった。M君の母親の星は、すでにわかっている。

「君は、彼女の母親と喧嘩をしたね。一昨年か、去年に……」

「あっ。どうして、一昨年だってわかるんです？」

「ま、それはいい。ともかく、君と彼女の母親とは憎み合う関係の星じゃあない」

「ほんとですか……」

「ほんとだ。君はね、下から下から出て、何べんも頭を下げて、自分のおふくろへ甘えるようにして、彼女の母親へたのむがいいよ」

「だって、いまさらそんな……」

「彼女と結婚したいのだろう？」

「そりゃあ、もう……」

「だったら、そのくらい何でもない。ぼくがいうようにすれば、一度で、彼女の母親は承知をする」

「えっ……まさか……」

「いいかい。こういうのだ。あなたから、ぼくの母親にいいきかせて下さい。あなただけを二人ともたよりにしているんですと、両手をついてたのむんだ。できるだろう、それくらい。なあに、芝居をやっているつもりになりゃあいい」

Ｍ君も決意して、

「やってみます」

と、いった。

数日後、銀座で会ったとき、彼は笑いがとまらぬような顔つきになっていた。

「どうだ？」

「恐れ入りました」

「承知してくれたろう、一度で……」

「一発でした。拝《おが》み倒したら、胸を叩いて引きうけてくれました。あの人があんなに変わるものだとはおもいませんでした」

「いやあ、ぼくも、あまり自信はなかったんだが、やってみて悪いことではないから、すすめたのだ」

「やはり、星の関係ですか?」

「ま、そういうことになる。君も、これで、これから自分がどうやって行けばいいか、少しはわかったろう?」

「そんな気がします。でも……」

「なんだ?」

「こんなふうに、御自分のこともわかってしまうのですか?」

「ぼくも人間だからね。自分のことになると、いいほうへ勝手に解釈をしてしまうから、なかなか、うまくいかない」

M君は、パッパッと三品《みしな》ばかり、気のきいた突き出しをつくってくれた。突き出しのよしあしによって食欲が失われることもあり、増進することにもなる。

「今夜は、少し食べられそうだ」

「あ、よかった。いい鯛がありますけど」

「後で、飯のとき刺し身にしておくれよ」

「ところで、彼女のおふくろの星は、どんな星なんですか?」

「ぼくと同じだよ」

「あ……道理で強いとおもいました」

「でも、ぼくのことを憎らしいやつだとおもっているのかい？」

「とんでもない」

「それ、ごらん」

髪と髭

ちょうど時分どきだったので、通りがかりに、はじめての小体《こてい》な料理屋に入り、先ず酒を注文した。目の前の板前で、四人ほどの料理人が、おもしろくもなさそうな顔つきで仕事をしている。

その中の〔長〕らしき男は、くわえ煙草で、フグの刺し身を皿へ盛りつけていた。

私は連れの人と、顔を見合わせた。

この店は、関西に本店があり、かなり、名の通った店で、いわゆる〔食べ歩き〕の本などにもよく紹介されている。

突き出しの生臭い〔シメサバ〕へ箸をつけたが、こんなシメサバなら、自分でもできるとおもった。

そのうちに、別の料理人が吸いものをつくりはじめた。その男の指に、ふとい指輪が二つもはめてある。はめたまま、魚介、野菜をいじったり、切ったりしている。

連れの人（老人）が、

（これは、たまらない）

そんな顔つきになった。

この老人などにいわせるなら、言語道断というところだろう。

板前の煙草、指輪は、共に料理人として禁じられている。料理人の初歩として、わきまえておかねばならぬことだろう。

それに、長髪。

十年ほど前のことだが、戦前からよく知られた鮨屋が店舗をひろげたので、行ってみると、襟《えり》くびのあたりまで長々と髪をのばした職人が鮨をにぎっている。

そのうちに、髪のフケを指で落とし、その指を洗わぬままに鮨をにぎりはじめたものだから、

「あっ、ちょっと用事をおもい出した」

こういって、あわてて、その店を飛び出したことがある。以来、二度と足を運ばない。

長髪の若い料理人が、この店にもいた。

これは、さすがにフケは落とさなかったけれども、以前の鮨屋のことをおもい出す

と、この若者が皿へもりつけている料理を食べる気にもならない。

「出ましょうか……」

と、連れの老人がいった。

「ええ、そうしましょう」

私たちは、酒を一本ずつのんだだけで外へ出た。この店の名は申すまい。何しろ、客が一杯つめかけてきているほどだから、その店の商売の邪魔になる。

「これでは何ですね。客に見えないところでは何をしているか、知れたものではありませんね」

老人が苦笑を洩《も》らした。

しばらく歩いてから、私たちは別の料理屋へ入った。ピカピカに店の中が磨きあげられ、五、六人の料理人たちの中に、一人も長髪はいなかった。この店は主人《あるじ》がみずから庖丁を手にしている。前の店の主人は、大阪の本店にいるのだろう。

「それはそうと……」

老人は、私の盃へ酌をしてくれながら、

「このごろのテレビを見ていると、髭《ひげ》を生《は》やした侍が出て来ますね。気になって仕方がない。あれで、いいのでしょうか？」

「その侍は、浪人でしたか？」

「いいえ、ある大名の御家老の役です」

「それは、いけませんね」

「でしょう」

「でも、いまは、みんな、そうです。コールマン髭を生やした老中が映画に出て来ますよ」

「へえ……」

髭は、おのれの顔に威容《いよう》をそなえるためのものである。

おしゃれということもあるが、武士ともなれば威容をそなえたいからに他ならぬ。

戦国時代には、主人の大名も髭をつけていたし、家来の中にも髭があって、ふしぎはない。何事にも〔強さ〕を誇示し、敵に勝てばよい動乱時代なのである。

主人が気に入らなくとも、自信がある家来ならば、主人を見捨てた時代で、強ければ何処へ行ってもはたらけたのだ。ところが、徳川の天下となって、泰平の世に変わると、将軍も髭を落としてしまった。

もはや戦乱は絶えている。

将軍や主人より、おのれの威容を誇ってはならぬ時代になった。

よほどの例外をのぞいて、徳川時代の武士は髭をつけなくなったのだ。それでも、江戸時代の初期には戦国の気風も残っていたろうから、髭をつけた武士が役柄によっては登場してもゆるされよう。

むずかしい時代考証というよりも、これは常識である。したがって、役者たる者は、いつ、いかなる役がまわってきても、それに応じられるよう、髪かたち、顔の手入れをしておく。これが役者の常識だ。

真の役者は平常に髭をたくわえてはいけない。歌舞伎の役者で、髭を生やしている者は一人もいない。

役によって、髭をつけることになれば〔つけ髭〕で充分なのだ。

「ちかごろは、料理屋の女将と称するものが、首飾りをつけ、ダイヤの指輪を二つも三つもはめこみ、客よりも高価なキンキラキンの着物を得意気に着て、反《そ》っくり返っている。いや実に、けしからん」

外へ出た老人は、酔ったこともあって、しきりに憤慨《ふんがい》しはじめた。

「それにしても、庖丁を持つ手に指輪はいやですね」

「言語道断！」

「ほれ、ついに出た」

「無礼至極《ぶれいしごく》！」

老人は、盛り場の灯を浴びて見得を切って、

「先日、ある鮨屋へ行きました」

「ははあ……」

「ビールのコップが生臭い」

「なるほど」

「これで、ぶちこわしてしまった。鮨はうまかったのですがね」

「なるほど。料理の修業は、先ず洗い方からと聞きましたが……」

「そこです！」

老人の声が、しだいに高くなる。

「おのれがつかう器物を満足に洗えぬ者に、何ができます」

老人は自分の白い髭をひねりあげて、

「あなた。そもそも指輪だの、人の髪の毛なぞというものは……」

「雨が降ってきましたよ」

「雨だろうが何だろうが……」

と老人は白眼をむき出し、

「矢でも鉄砲でも持って来い！」

「さ、タクシーで、お送りしましょう」

「なあ、池波さん……」

老人は、私にすがりつくようにして、急に、なさけなさそうな声になり、私にうったえた。

「愚妻が洗うコップは、いつも、いつも生臭いのですよう。直さんのです。いくらいっても直さんのですよう。強情です。実に愚妻は強情きわまる女で……」

老人が、路上で泣き出した。

大根

ほんとうにうまい大根は、

「ほんとうに、うまいねえ」

むかし、三井老人が、よくいっていたものだ。

三井老人は、兜町《かぶと》の株式仲買店の外交をしていた。

当時、私も仲買店ではたらいていて、幼な友だちの井上留吉も、同じ兜町《しま》にいた。

三井さんを私に引き合わせてくれたのは井上だった。

「あんな小さな店の外交で、何事にも、ひっそりと目立たないようにしていて、あの爺《じい》さんときたら、大金持ちなんだぜ」

そのころ、三井さんは六十前後で、白髪をきれいに手入れして、面長の、さっぱりとした品のよい顔だちをしており、鶴のごとき痩身《そうしん》だったが、娘か孫のような若い妻と二人きりで、深川・清澄町の小さな家に暮らしていた。

「どう見ても、三井さんは区役所の戸籍係だね」

などと、井上は減らず口をたたいた。

ともかくも、三井さんは井上と私を可愛がってくれ、清澄町の家へもよんでくれるようになった。

いまにしておもえば、三井さんと、三井さんの主人《たいしょう》だった吉野さんには、どれだけ世話になったことか……。井上も私も、さまざまなことを教えてもらったのである。

三井さんは、大根が大好物だった。

冬に深川の家へ遊びに行くと、三井さんは長火鉢に土鍋をかけ、大根を煮た。

土鍋の中には昆布を敷いたのみだが、厚く輪切りにした大根は、妻君の故郷からわざわざ取り寄せる尾張大根で、これを気長く煮る。

煮えあがるまでは、これも三井さん手製のイカの塩辛で酒をのむ。柚子の香りのする、うまい塩辛だった。

大根が煮あがる寸前に、三井老人は鍋の中へ少量の塩と酒を振り込む。

そして、大根を皿へ移し、醬油を二、三滴落としただけで口へ運ぶ。

大根を嚙んだ瞬間に、

「む……」

いかにもうまそうな唸《うな》り声をあげたものだが、若い私たちには、まだ、大根の味がわからなかった。

後年、太平洋戦争が始まって、食糧不足となったとき、

「三井さんには打ってつけの世の中になったね」

と、井上留吉が毒口をたたいた。

大根と豆腐。そして浅蜊《あさり》と白菜の小鍋だて。三井老人の酒の相手はそんなもので、いかにも質素だった。そのくせ、金をつかうときは、惜しみもなくつかう。

私は二度ほど、旅行に連れて行ってもらったことがあるけれども、それこそ、

「つかってつかって、つかいぬく」

のである。

このはなしを井上にすると、三井老人と旅行をしたことがない井上は、

「信じられねえ。ウソだよ。そりゃあ、ウソにきまっている」

きめつけたものだ。

太平洋戦争が始まる少し前に、三井老人は胃潰瘍《いかいよう》を病んだ。

「こいつはいけない。ふだんから栄養が足らないのだから、三井さん危ないぜ」

井上は、さすがに心配そうだったが、三井さんは、ほとんど医薬の世話にならず、

なんと大根一本槍で難病を癒《なお》してしまったのである。

医者に診せ、薬をもらって来ても、それをのまなかったそうな。

店も半月ほど休んだのみで、明けても暮れても大根を食べつづけて癒した。

「ふしぎだ」

癒った三井さんに医者がくびをかしげたという。

いまの私は、ようやくに三井老人の年齢に達し、大根が大好物となってしまった。

十五年前に消息を絶った井上留吉は、どうだろうか……。

しかし私は、もう井上は、この世の人ではない、という気がしてならない。

大根も調味料も、いまは、むかしのようなものはないが、三井老人がやったようにして食べると、大根の滋味《じみ》がよくわかる。

湯豆腐のとき、大根を千六本に切って鍋へ入れると、豆腐がうまくなるような気がする。これも三井さんに教えられた。

千六本に切った大根と浅蜊の剝身《むきみ》を薄味の出汁《だし》でさっと煮立て、七味唐辛子を振って食べるのは、東京の下町の惣菜で、子供のころから母に食べさせられた。これを温飯へかけまわして食べるのは、冬の夜のたのしみである。

大根を食べるたびに、私は三井老人を想い出す。

太平洋戦争は、三井老人をも行方知れずにしてしまった。

深川の家が空襲で焼失し、三井さんは若い妻女の故郷へ疎開《そかい》したそうだが、それも終戦後に耳へはさんだことだ。

妻女の故郷は名古屋に近いと聞いていたが、若い私たちは、その正確な所在を耳にとめておかなかった。戦争が終わって、万一にも生きていれば再会できることを、うたがわなかったのも私たちが若かったからだろう。

けれども、三井老人は私と井上が当時住んでいた浅草の家を知っていたのだから、

「もし、生きているなら、何とかいってよこしてくれるだろう」

井上は、そういったが、二人とも三井さん同様に家を焼かれてしまったのだから、こころもとない。

現に、戦後となって、私と井上留吉が再会したのは越後の小千谷《おじや》で、しかも偶然に再会したのである。

むろんのことに、いまは三井さんも生きてはおられまい。生きているとすれば百を越えているのだから……。

あるとき……。

深川の家に三井老人を訪ねると、娘のような妻女が妙なものをこしらえている。

山芋を切って熱湯にひたし、引きあげて摺《す》りつぶし、これへ酒を入れて練り、とろとろになったのを湯のみへ入れ、これを鍋の湯に入れて燗《かん》をする。

「なんです、これは？」

私が問うや、三井さんが少年のように顔を赤らめたし、妻女は、はずかしげに顔を伏せた。

「どうなすったんです？」

「正ちゃん……」

いいさして三井さんは一瞬、絶句したが、妻女が台所に逃げ込んだ後に、

「こいつをやらないと、若い女房の相手ができないのでね」

と、いったのである。

このときの三井さんの面影は、私が書きつづけている〔剣客商売〕の主人公で、若い女を妻にした老剣客・秋山小兵衛に投影されているといってよい。

ハンバーグステーキ

去年、K社のグラビアのページのために、横浜の山下公園で写真を撮られていると、知り合いのM老が偶然に通りかかり、私を見て、

「こんなところで、お目にかかろうとはおもいませんでした」

「しばらくでしたね」

M老人は、古くからの私の小説のファンだが、特に〔剣客商売〕の主人公である老剣客・秋山小兵衛がごひいきなのだ。

「これから、どこへ？」

「いま、馬車道で用事をすませたところなのです。これから元町あたりへ出て、少し早いが何か食べようとおもいまして」

「それなら、ちょっと、つきあいましょうか」

私は、K社の人とカメラマンに、一足先に東京へ帰ってもらうことにした。この日

の夜は、同じK社の対談会へ出なくてはならない。M老人と私は、前田橋をわたって元町通りへ出た。

「さて、何を食べようか。ぼくは夜、また食べなくてはならないので、あまり、おつき合いは出来ないが……そうだ、生ガキでもどうです？」

「大好物です」

そこで私は、元町のレストラン〔キャプテン〕へ老人を案内した。

〔キャプテン〕は、いかにも戦前の横浜のレストランを想わせる、飾り気のない居心地のよい店で、二階にも席があるが、カウンターの前へ坐ると、コックたちの気合のかかった仕事ぶりを見ることができる。

チーズのスフレや貝のコキールなどの前菜が小さな皿に少量出て、これが七品で一コースとなっている。むろんのことに生ガキもあるし、ビーフ・ステーキその他の料理は何をとってみてもうまい。

ことに、この店の、独自のハンバーグステーキは、他の店のハンバーグとは、いささかちがう。どこがちがうかというと、それは食べてみなくてはわからない。

私たちは前菜七品のコースと生ガキを白のワインで食べながら、久闊《きゅうかつ》を叙した。

M老人は、川崎市で小さな会社を経営しており、はじめて私と会ったときは六十四、五歳だったのだから、もう七十を一つ二つ越えているのではなかろうか。

「以前は私、魚と野菜が好きでございましてね。ところがその……いつの間にか肉も……いえ、洋食が好きになってしまいましてな」

老人は、急に、たどたどしい口調になっていた。

「なるほど。五十をこえると、いろいろ好みが変わってきますよ。体の調子も変わってくるからなのでしょうね」

「ははあ……」

老人の顔に、微《かす》かな、曖昧《あいまい》な、苦笑のようなものがただよっている。

「ぼくは、後で食べなくてはならないので、これでやめますけれど、あなた、もっと何か、いかがです。そうだ。ここのハンバーグステーキはうまいですよ。肉のいいのをつかって、とても、やわらかい」

私が、そういったとたんに、今度は、はっきりと老人は苦笑を浮かべ、あわてて手を振った。その苦笑は、ちょっと泣き笑いに似ていた。

「いけません。ハンバーグだけはいけません。とても、だめなんでございますよ」

「どうなすったんです？」

するとM老人は、私の顔を凝《じっ》と見て、

「センセイは、罪な方だ」

と、いったのである。

〔剣客商売〕の老剣客・秋山小兵衛は、妻が病没した後、孫のようなおはるという娘をわがものにし、鐘《かね》ケ淵《ふち》の隠宅で仲よく暮らしている。私の老人のファンにとって、これが、たまらなくうれしいらしい。

先日も、別の老人のファンから、

「このごろ、剣客商売の連載が絶えておりますのが、気がかりでなりません。私は老いて益々《ますます》、矍鑠《かくしゃく》たる秋山小兵衛の生き方にはげまされ、これをたよりに日々を送っています。どうか私がこの世を去るまで、連載をやめないで下さい」

という手紙をいただいた。

作者冥利《みょうり》というべきだが、M老人も同様に、秋山小兵衛の人生を理想のものとしていてくれたのである。

「実は、その……」

口ごもりつつ、M老人が、

「秋山小兵衛に、あこがれたあまり、とんでもないことになってしまいまして……」

と、いうではないか。

「何か悪いことでも？」

「いえ……いえ、もう、事はおさまったのですが、実は……」

M老人が語るところによると、小兵衛が共に暮らしているおはるのような若い女を、池袋か何処かの酒場で見つけて、これを鶴見のアパートへ囲い、名も〔はる子〕とよんでいたらしい。

「その女《こ》は料理がうまくて、ことにその、ハンバーグが何ともいえずにうまい。私が肉類を好むようになったのも、その女の影響なんでございます」

「うらやましいなあ」

「いえ、それが……さよう、去年の春に、仕事がいそがしくて、その女に会えない日がつづいたせいですかしら、何だか、ハンバーグが食べたくなりましてね。うちの……はい、つまり老妻《ばばあ》にハンバーグをつくれと命じました」

「おもしろいな」

「おもしろがっちゃあいけませんよ。これが命とりになってしまったのです」

「ふうむ……？」

「ババアがつくったハンバーグときたら、とても食べられたものじゃあない。私、まずいと、はっきり申してやりました」

「それで?」

「女ってものは、年を取っても、こういうことには敏感なものなんですなあ。もっとも、私は家で、あまり肉類を食べなかったせいもあったのでしょうが。このハンバーグはまずいといった私の一言で、ババアが怪しいと睨んだのです」

「なある……」

「なれないことを、するものじゃありません。とてもとても、私なんぞに秋山小兵衛のまねができるわけのものではない」

「しかし、小兵衛の先妻は亡くなっているのですよ」

「いいえ、小兵衛ならば、妻がいても気づかれることはありますまい」

いずれにせよ、老妻の探索はきびしく、さんざんに老妻から脂《あぶら》をしぼられたあげく、ついにM老人は〔おはる〕と別れさせられてしまった。老妻も罪なことをするものだ。

いいではないか、少しぐらい……。

ややあってM老人は、

「では、もう一皿、生ガキをいただきます」

と、さびしげにいった。

二黒土星

四国の高松市に〔高はし〕という小体《こてい》な料理屋がある。いや、あった……と、いわなくてはなるまい。二、三年前に、荻昌弘さんが、カラー写真と共に、この店を紹介したことがある。ヒラメの薄づくり・オコゼの揚げものなど、料理の写真を見ても私の好みの店であることがすぐにわかったが、もう一枚の店内を撮った小さな写真に、私は心をひかれた。

いかにも清げな店内の造りと、板前で庖丁をとっている老主人もよかったが、その傍に、いましも客の前へ小鉢物を置こうとしている女人《にょにん》の顔に、私はひきつけられたのだ。このひとは老主人の娘さんで、荻さんは、こう書いている。

「娘の珠恵《たまえ》さんが、またいい腕で小エビを洋風に揚げてくれたりし、ちょっと場ちがいな品にみえるそれとか、ビフテキが、むしろ魚は食いあきたらしい御当地の若手サラリーマンにウケている……」

ほのかに笑みをたたえた、ほとけさまのように美しく落ちついた、珠恵さんなる女人の、写真の顔を見たとき、私は家人に、

「このひとの星は、きっと二黒土星《じこくどせい》だよ」

と、いったことをおぼえている。

なぜ、おぼえているかというと、当時、私は気学の研究をはじめたばかりだったからだろう。むろんのことに、そのときの私は珠恵さんの生年月日も知らず、未婚既婚の有無も知らなかったが、現在、老父の片腕となってはたらいている姿を写真で見ているうちに、

(このひとは、独身だろう)

と、おもった。

〔高はし〕へは、きっと何時かは行ってみようとおもい、映画の試写室で荻さんに会ったときに尋《き》くと「とてもいい店ですよ」と、いうので、いよいよ行きたくなった。

しかし、いまの私にとって、四国の高松は遠い。

近いうちに、九州から四国にかけて、

(ゆっくり、まわって来よう)

などとおもうから、尚更《なおさら》に遠くなるのだ。でも、この連載が始まり、間もなく京阪

へおもむくことになったので、そのときは必ず〔高はし〕を訪れるつもりでいたのである。

この正月にベッドへ寝ころがって、去冬にとどけられた文藝春秋の随想欄を何気もなく読んでいると、私も見知っているノンフィクション作家・早瀬圭一さんが〔左遷・珠恵さんの死〕という一篇を書いていたので、すぐに読みはじめた。

はじめのうち、私は荻さんが書いたときの珠恵さんの名を忘れてしまっていたのだが、読みすすむにつれて同一の女人であることがわかった。早瀬さんは以前、新聞記者で、十四年ほど前に大阪本社の社会部から四国・高松支局へ転勤を命じられ、これは、どう考えてみても左遷であると当時はおもい、目の前が真っ暗になったそうな。

その早瀬さんを支局長が〔高はし〕へ連れて行き、歓迎の小宴をもうけたとき、珠恵さんが初対面の早瀬さんに、

「高松へおいでたのが、ご不満のようですね。顔にそう書いてありますよ。そんな顔をしていたら、お仕事にさしつかえます。いずれ本社へおかえりになるつもりなら、高松の人間になりきることです」

こういって、はげましたという。

私が写真からうけた珠恵さんのイメージは的中した。そればかりではない。早瀬さ

んによると、

「珠恵さんは、老主人の二女で昭和十年生まれ。京都府立大学を卒業後、老いた両親のことを考え、どこへも就職しないで店を手伝っていた」

と、ある。すぐに私は、手許にある〔気学便覧〕表で昭和十年を見ると、まさしく本命星は二黒土星であった。

〔二黒土星〕は、大地、柔和、努力の象意があり、妻の星である。根気もあり世話ずきで真面目《まじめ》な性格だ。この星をもった人は、自分が経営者になったり、先頭に立って物事を運ぶよりも、人の〔片腕〕となって協力をするほうがよい。何となれば〔妻〕の星だからである。

珠恵さんは、自分の星を、

「生かしきった……」

女人だといえよう。

生かしきれぬ人は、本来の根気をうしない、前述の美点がすべて裏目に出て、ついには〔なまけもの〕になってしまう。

珠恵さんは、東京へ転勤する早瀬さんに「よかったわね。おめでとう。どの店のツケも全部払って行くこと。お金がたりなかったら相談に乗ります」という気前を見せるが、これも自分の星が生きているからで、星を生かしきれぬと一転してケチになってしまうのだ。前に〔料理人の星〕でのべたごとく、妻の星だから庖丁を手にすることが好きで、なればこそ、自分でも工夫してエビを揚げたり、肉を焼いたりして、客によろこばれたのだろう。

去年（昭和五十八年・八白土星）は、二黒が衰運の第三年目にあたり、しかも暗剣《あんけん》殺《さつ》がついていた。この年の二黒土星は、よほどに気をつけなくてはならぬ。老人で、おだやかに日を送っている人とか、まだ社会に出ていない若い人は別として、五十六年の衰運第一年目に入ったとき、ムリをして新しい環境に入ったり、仕事がうまく行かなかったり、健康がおとろえていたりすると、それが、この年には恐ろしいほどに悪化して表面へ出て来る。

私の担当編集者の中で講談社の宮田君という人がいるけれども、この人も二黒で、かねてから私のいうことをよくきいてくれ、何事にも自重し、酒場でのんでいるとき、

（もう少し、のみたいな……）

そうおもっても、すぐに、

（いけない。今年は暗剣殺だから……）

おもい直し、早いうちに帰宅するという。こういう人には、さして災害はおよばな

いのだ。

いずれにせよ、私のまわりの二黒土星の人びとは、大なり小なり、去年はみんなやられた。

そして〔高はし〕の珠恵さんも、早瀬さんの文章によれば、

「一年ほど前から続いていた腹痛をがまんしていたらしい……」

そして病院へ行ったときは、胃ガンが手遅れになってしまい、去年の六月に、突然、この世を去ったのである。

おそらく珠恵さんは、二黒土星の本分を生かしきって、老父を助け、多くの客たちに慕われ、一心不乱にはたらきつづけ、自分の身をかえりみなかったのだろう。

体調をくずしたことも、苦痛も押し隠し、あの写真のような微笑を浮かべ、はたらきつづけていたにちがいない。

このような女人を失うことは社会の損失であること、いうをまたぬが、両親を助け、多くの人びとに幸福をあたえた珠恵さんの、我欲のない一生は光り輝いている。

珠恵さんの死を知ったとき、早瀬さんは泣きくずれた。その文章の最後は、こうなっている。

「高はしは、のれんを降ろし、店を閉じた」

越中井波

私の母方の先祖は、小さな大名の、江戸詰めの家来だ。

父方のほうは、越中《えっちゅう》（富山県）の井波《いなみ》から、天保年間に江戸へ出て来た宮大工《みやだいく》である。

したがって、私には東京以外の故郷をもたぬし、親類もなかった。

ために、太平洋戦中は疎開するすべを知らず、男たちが戦争に出て行った後、祖母と母は空襲に追われながら転居を重ね、三度も家を焼かれた。

「あのときほど、自分の田舎がほしいとおもったことはない」

と、母はいう。

戦後になり、父方の伯父が北陸地方へ旅したついでに井波へ立ち寄り、池波家のことを町役場で尋ねてくれたが、

「いまは、一人もいないそうだよ」

と帰京して、私に告げた。

そのことを何かの雑誌に書いたところ、井波の歴史民俗資料館の館長をしている岩倉節郎さんが読んでくれ、親切にも私の先祖のことを調べて下すった。

それによると、私の先祖は明治三十年に死去した宮大工・池尻屋《いけのしりや》宗七《そうしち》こと池波宗七の親類であったようだ。井波では宮大工にも屋号がついていたのだそうな。

宗七の死後、池尻家の人びとが井波から信州へ移住して後、池波の姓をもつ家は井波に絶えてしまっている。

まず、こうしたわけで、私が岩倉さんの招きにより、初めて越中の井波を訪れたのは四年前の秋だった。

井波は、むかしから木工のさかんなところで、いまも、井波の木彫《きぼり》は有名であり、町の大通りの両側には木彫師の家が軒をつらねている。

大通りを突き当たると、十四世紀に本願寺五世の綽如上人《しゃくにょしょうにん》が勅許《ちょっきょ》を得て創設した瑞泉寺《ずいせんじ》の重層伽藍《がらん》が威容をあらわす。

この越中第一のスケールをもつ寺院の創建から、後年の改築・修築には、私の先祖も宮大工としてはたらいたにちがいない。

私が井波で泊まる宿は東山荘といって、瑞泉寺の門前にある。

朝の六時に瑞泉寺の鐘が鳴り出すのを、寝床の中で夢現《ゆめうつつ》のうちに聴く。

その鐘の音に、私は自分の〔故郷〕を感じるようになってきた。

井波へ行くたびに知人も増えてきたし、東京・浅草生まれの老婦人が結婚して井波へ住みつき、

「この町は、人情が厚くて、とても住みやすいところです」

などと、語るのを聞くと、何やら、うれしくなってくる。

そもそも、私のような東京人《びと》は、自分の家系などに、ほとんど関心をもたぬ。

それだけに、井波という先祖の故郷をもったという実感が、しだいに強くなってきた。

岩倉さんも上京すれば立ち寄ってくれるし、若い友人の大和秀夫君が、去年の暮れに旨い里芋を送ってきてくれたりすると、まるで故郷の親類から届いた野菜のようにおもわれる。

「井波には、木彫りのほかには名物もなくて……」

と、岩倉さんはいうが、越中の海にも山にも近い盆地だけに魚介も野菜も新鮮その

もので、夏に井波に行くと、いまは私が黙っていても、岩倉さんが自分の畑からトマトを持ってきてくれる。東京の水分だけのトマトとはちがって、これはまぎれもなく、子供のころに食べたトマトの味がする。里芋も旨いわけだ。

はじめて行ったとき、日本でも屈指の銘木店《めいぼく》を経営している野原寅蔵さんの案内で、利賀《とが》の山中の旅館へ泊まり、岩魚《いわな》の刺し身、海苔ワサビ、山芋など、みんな旨かったが、ことに山芋をつなぎにした手打ち蕎麦はブツ切りのもので、これを箸で手《た》ぐってすすり込むのではなく、たっぷり椀に張った熱い汁ごと、掻き込むようにして食べる。ちょっと類《たぐい》のない旨さだった。

井波の町には〔丸与《まるよ》〕という料理屋があり、ここでも蕎麦を打ってくれる。

主人は気のきいた料理を出し、時分どきを外《はず》れた夜食に、小さな蒸しずしなどもつくってくれる。炉が切ってある小部屋で、そうした心づくしのものを食べるたのしさは、たとえようがない。

「ここの、朝飯は、きっと旨いだろうな」

と、いったら、今年の春に行ったとき食べさせてくれた。

大根オロシを添えた納豆。胡麻《ごま》豆腐。甘鯛《ぐじ》の小さな蒸し物など、別に珍味ではなくとも新鮮で充実した材料をつかっているのだから、熱い御飯と一緒に食べたら飛びあがるほどに旨いのだ。

井波の人口は約一万で、コーヒーをのませる店などは、二、三軒しかない。

その一つは甘泉堂《かんせん》という老舗《しにせ》で、そこの息子さんが東京で洋菓子の修業をして帰り、古い店の内部を明るく改造し、コーヒーとケーキの店にした。井波へ行けば、かならず足を運ぶ。

近年は、どこの地方の町でも公共の建物が立派になって、井波も、その例に洩れない。

「養老院もあるんでしょう?」

と、尋ねたら、

「むろん、あります」

「あと十年もしたら、ぼく、入れてもらおうかな」

「歓迎しますよ」

ところで……。

一昨年の冬に亡くなった檜山惣一郎氏は、長年にわたり、一年に一度、私が人相と手相を鑑定していただいた立派な人だが、

「あなたは、いま、住んでいる家では死にませんよ」

と、いつだったか、私にいわれた。

まだ私が、井波を訪れる前のことである。

(そんなことが、あり得るはずがない。第一、この時代に新しい家を建てられるはずもない)

そのときは、そうおもっていたが、いまになってみると、

(なんだか、おれは井波へ骨を埋めるのではないか……)

そんな気分になってくることも、ないではない。

人間、行き先のことは何一つわからぬ。あるいは、そんなことになるかも知れない。

旅館の食膳（A）

九州に住む私のファンから「こんなの、お読みになりましたか」と、A紙の地方版の切りぬきを送って来てくれた。

一読して私は、

「ついに、あそこにまで魔の手が伸びたか……」

憮然《ぶぜん》となった。

あそこ、とは、大分県の由布院温泉で、魔の手とは、金さえ儲《もう》かれば何をしてもよいという観光業者である。

九州のファンの人は、私が由布院温泉……というよりも、湯布院という土地を特に好むことを知っているので、わざわざ、新聞の切りぬきを送って下すったのだろう。

フランスには、いまのところ、パリのような都会のメカニズムを振り向くこともせず、ゆったりと自給自足の明け暮れを送っている古い小《プチ》ホテルがあって、都会の生活に疲れ切った人びとの硬直した神経と体の凝《こ》りを、もみほぐしてくれる。むろんのことに、ホテルの周辺の風致はいささかも壊れることなく、ホテル自体も、それなりの由緒がきざみ込まれた外観や部屋をそのままにして磨き立てている。そして、バス・ルームと手洗い所だけは最新の近代設備をほどこし、清潔をきわめているのだ。

「日本にも、こういうホテルがあるといいんですがね」

私と共に、たびたびフランスの田舎をまわって来た若い友人が、ふと洩らしたので、

「日本にも、ないことはないよ」

と、私はこたえた。

そして、間もなく、その友人をともない、湯布院の玉の湯旅館へおもむいたが、

「すばらしい。ほんとに、あなたのいわれたとおりですねえ」

友人は、昂奮《こうふん》の色を隠さなかった。

「湯布院はね、この玉の湯だけではなく、町全体が一つになって、この土地の景観と生活を守りぬこうとしている。それでなくては、とても、こうはいかないよ」

豊後富士《ぶんごふじ》とよばれる名峰・由布岳《ゆふだけ》の西麓に、由布院温泉はある。

この高原の町は、往古からの駅所で、

「三峯、削るがごとく、雲表に尖起す」

と、物の本にある。

いずれにせよ、すばらしい景観で、豊富な温泉は、玉の湯旅館の民家風の食堂の床下までながれ込み、掘り炬燵へ差し入れた客の足を暖めてくれる。この食堂で、ぜんまい、キャラブキの煮ものや、温泉卵、大根漬け、梅干しなど、どこの旅館でも出す朝飯を食べるのだが、旨さがちがう。何となれば、すべてが〔地〕のものだからだ。

玉の湯旅館の女中さんは、ほとんど同じ町内の小母さんたちで、つとめている旅館をわが家のようにしており、自分の畑の野菜だの、採って来た山菜だのを持ち運んで客に食べさせようという気概がある。それぞれに自家の自慢料理を持ち込むと、妙心寺派の寺籍をもっていて、精進料理を修業した旅館の調理主任がこれを自在にとりいれたりする。

料理は、敷地に点在する離れ屋の客室へ運んでくれるけれども、私などは、渡り廊下を食堂まで行って食べるのが大好きだ。

馬肉の刺し身、鯉の洗い。そして冬は猪《しし》鍋である。豊後牛の炭火焼きで、名物の麦焼酎のお湯割りをやるのが、私のたのしみだ。掘り炬燵の上のテーブルへ焜炉を置き、炭火で網の上のヒレ牛肉を好きなように焼く。

冬に、この食堂で腹も体もあたたまったところで、苺《いちご》の掻き氷ふうのシャーベットをやる。旨くて、とてもしゃれている。

五年前に、玉の湯旅館へ行ったときの、夕飯のメニューが手帖に控えてあったので、記しておこう。

一、小鉢（温泉卵、オカラ、大根ナマス）

一、地鶏の刺し身

一、前菜（地鶏の燻製《くんせい》、絹田巻《きぬた》、鴨南ばん、錦卵、川芹《かわせり》の白和《しらあ》え、カブの三杯酢漬け）

一、山女魚《やまめ》の塩焼き

一、炊き合わせ（油揚げ、田舎コンニャク、ワラビ、里芋、切り干し大根）

一、蓋物《ふたもの》（地鶏の紅梅糝薯《しんじょ》）と山菜盛り合わせ（ミョウガ、シソの実、銀杏《ぎんなん》、菜の花）

一、零余子《むかご》の葛《くず》あんかけ

一、鍋（地鶏、芹、白菜、ネギ、ゴボウ、ワラビ、湯布院特産の畦蕪《あぜかぶ》）

ともかくも、飛びきり新鮮な材料を、目をみはるような豊饒《ほうじょう》感《かん》をもって、生き生きと料理してある。いわゆる懐石料理めいたものとは全く異なる、独創にあふれた料理だ。

私にいわせるなら、由布院温泉は、日本の桃源郷なのだ。湯布院の人びとは、近くにある別府という大歓楽郷のまねをしても仕方がないというので、民芸の郷の野趣に洗練をあたえつつ、めぐまれた風光をどこまでも生かして町づくりをして来たのである。

玉の湯の客室は二間つづきの和風の離れ屋だが、フランスの田舎の小ホテルのように、浴室・洗面所のみは大都市の一流ホテル以上の近代的な設備がととのえられている。しかも木の浴槽には温泉があふれているのだ。

ところで……。

九州のファンが送ってくれた新聞の切りぬきによると、福岡の観光業者が湯布院町の空き地六千数百平方メートルを買いしめ、ここに地下一階、地上九階建てのヘルス・クラブ〔グランドヴィラ由布院〕を建てようというのである。その中には温泉プールやナイトクラブなどをつくり、一つの部屋を八人の会員が共有するかたちで百三十九室を分譲するつもりらしい。

これに対して、町の商工会や温泉旅館組合の中から、

「生活型観光地が、歓楽型に一変する心配がある」
と、反対の声があがり、町長と業者との折衝がはじまったらしい。

くわしい事情は知らぬが、地面を売る者がいるかぎり、業者は侵蝕《しんしょく》して来る。観光事業にかぎらず、何の事業でもこれだ。

そして、その大半は、たとえば千坪の地面を買ったとなると、その上空も地下も、限りなく自分の物だと考えてしまう。

理屈はそうだろうが、高い上空の空間と地下は、個人の地所であっても、実は公共のものなのだ。何となれば、そこには万人共通の資源と風光が存在しているからで、東京のように破壊されつくした都会においても、おのずから、売る人、買う人に、その良識がなくてはならぬ。

これは単に、観光の問題のみにかぎられたことではなく、高度成長後の、日本社会の歪《ひず》みの大半が、この一点にしぼられてくる。このことが業者にわからぬ以上、いずれ、九州の一隅に残された桃源郷も、泥まみれになってしまうことだろう。

旅館の食膳（B）

湯布院の〔玉の湯旅館〕では、時折、従業員を京都の〔俵《たわら》屋〕や〔柊《ひいらぎ》屋〕などの旅館へ泊まらせ、〔瓢亭〕や〔大市〕のような料理屋で食事をさせたりして、

「真の、客へのサーヴィスが、どのようなものか……」

を、体験させているそうな。

京都という、日本が誇る古都のすばらしさについては、二十年ほど前に、

「京都もいまのうちだ。早く見つくしておかないと、東京と同じようになってしまう」

と、私は自分にいいきかせ、それこそ年に五度も十度も京都へ出かけて行ったものだ。私のように時代小説を書いているものにとっては、京都に残る〔江戸時代〕を頭の中へたたき込んでおきたかったのである。東京には関東大震災と太平洋戦争によって、江戸の残り香は、影も形もなくなってしまっているからだ。

こ

そしていま、京都も変わった。

フランスのパリも、行くたびに、高層ビルが中央へ押し寄せて来つつある。

それはさておき、京都には、京都と日本の文化を、その営業の中で懸命に守りぬこうとする旅館や料理屋が、まだ、いくらかは残っている。

前述の俵屋旅館もその一つで、女あるじの佐藤年さんは十年ほど前に、

「俵屋も、私の代で終わりになってしまいましょう」

といっていたが、ちかごろは、

「よい女中《ひと》が、つづいて出て来てくれましたので、大分に心強くなってまいりました。育て方しだいによって、よい女中も絶えないのではないかと、希望をもつようになりました。心意気に感じて、お客さまのサーヴィスをしてくれる女中さん、それなくしては、私どもの商売は成り立ちません」

心強く、洩らすようになってきた。

近ごろの温泉地の旅館などは、妙に気取った懐石まがいの料理を出すのはよいが、私のような小食の初老の男でさえ、夜ふけになると腹が空《す》いてたまらなくなり、女中をよんで何か食べるものをたのもうとおもっても、すでに時間外だから何も出来ませんと断られ、部屋の冷蔵庫を開ければ、ビールにピーナッツの類《たぐい》のみしか入っていな

い。仕方なくビールをのみ、空腹を抱えて眠るというわけで、これなら家にいたほうが、どれほどよいか知れない。

ことに、上高地のようなところで、洋式ホテルの猿まねをして、夕食は何時まで、朝食は何時までと決めこみ、その時間外のサーヴィスは何もせず、頭がつかえそうに狭苦しい浴室がついた客室へ薄汚い寝具を出し、一流ホテルでございとしたり顔をしているのには、つくづく閉口《へいこう》させられる。

熱海・伊豆山の旅館〔蓬萊〕のように、研究熱心の老料理人が、たとえば早春の献立に、蕗《ふき》や白魚、アスパラガスや若竹、木の芽などを自在につかいこなし、サヨリ、みる貝、鮪《まぐろ》などの刺し身や、エビ芋や間鴨の煮物、さてはリンゴをつかった酢の物など、存分に腕をふるい、料理屋として食べに行くだけでも堪能《たんのう》できるというのなら、はなしは別だ。これだけの料理を出すのだから、女中さんのサーヴィスもそれなりに行きとどいているし、泊まっても空腹になる心配は絶対にない。

数年前に、同じ伊豆山の、ある一流旅館へ泊まったとき、夜ふけて空腹に堪えかねたことがある。アルバイトの女中は帰ってしまっているし、料理人もいなくなっている。

（二度と、ここへは来たくない）

そうおもったが、去年の春に、知り合いの女の編集者が私に、その同じ旅館へ行くという。そこで「君、駅弁でも買って行きなさい」と、教えてやったが、そのひとも〔まさか……？〕とおもったらしく、熱海へ降りたとき、駅弁を買わなかった。

彼女が帰って来て、また会ったとき、

「どうだった？」

「もう、夜半《よなか》にお腹が空いて、どうにもなりませんでした」

「それ見給え。だから駅弁を買って行けといったじゃないか」

「でも、まさか、あんなとは……」

こんな旅館が、いまは当たり前になってしまったのだ。それなら「いっそ、ホテルへ泊まって好きな物を外へ食べに行ったほうがよい。それに、ホテルだったら夜ふけでも何か食べるものを出してくれる」と、いうことになってしまう。

〔俵屋〕へ泊まると、日本の伝統というものが形容のみではなく、人の心に引きつがれていることがあきらかにわかる。

「心意気でサーヴィスをする女中さんなくしては、私どもの商売は成り立ちません」

と、いいきる女あるじの言葉は、このことなのである。

〔俵屋〕の料理は、むろんのことに立派なものだ。私のメモに記してある晩春の献立は、およそ、つぎのごとくだ。

一、生雲丹とろ、若狭鯛あられ造り

一、スッポンの小吸い物

一、子持ち若布、柏葉すし、鮎の飴煮、白瓜、一寸豆のシロップ煮

一、稚児鮎の姿焼き、筍《たけのこ》の田楽

一、鯛の白子のポン酢

一、蒸し貝のバター焼きと若筍の吸い物

夏など、たっぷりとした夕飯を終えてから外へ出て、京都にいる友人と会い、酒場《バー》をまわって帰ると、ぬいでおいた浴衣《ゆかた》が新しく替えられてある。清らかで、独自の工夫を凝らした俵屋の寝具へ身を横たえるのは、たまらなく心地よい。

ビジネスの旅行ならばさておき、たのしみの旅行ならば、家庭では味わえぬサーヴイスをうけることによって、はじめてみたされるのである。俵屋は、京都の高級旅館として三百年の歴史をもっている。

幕末のころ、かの井伊大老の懐刀として、京都で暗躍をした長野主膳は、五代目の

俵屋主人について、
「資性豪邁《ごうまい》、仁俠に富み、一旅店の主人たるに甘んぜず、天下改革の機運に乗じ、国事に奔走せり」
と、のべているが、その当時を充分に偲ばせる屋内、表構え、庭などを温存し、しかも浴室の近代設備は実にすばらしい。外国人がよろこぶわけだ。俵屋には、まぎれもない〔日本〕が存在しているからである。

ところで……。

高級ホテルや旅館でなくとも、たとえば、木曽の妻籠《つまご》の民宿〔生駒屋〕に泊まれば、むかしの中山道《なかせんどう》の宿場そのままを〔重要伝統的建造物群保存地区〕の指定をうけて残してあるので、窓から街道をながめると電線一つ見えない。地下に埋め込まれているのだ。妻籠ではコーヒーも売っていない。それほど徹底している。

それでいて、生駒屋の家族ぐるみのあたたかいサーヴィスと、新鮮な鯉や山菜の料理など、いずれも客をよろこばせずにはおかない。古い旅籠《はたご》をそのまま、丹念に磨きぬいて、これはこれで清潔そのものといってよいのだ。

トロワグロの料理

私は生涯、異国の土を踏むことはないとおもっていたが、七年ほど前に、H社から、フランスの映画俳優ジャン・ギャバンについての原稿をたのまれ、フランスへ取材に出かけたのが一つの切っ掛けとなり、それから何度もフランスへ出かけるようになった。フランスのほかには、スペインとベルギー、シンガポールとバリ島へ行ったのみで、行くたびに手ごころが知れてくるフランスが、やはり一番よい。

食べものに関わる随想などを書いているところから、

「フランスでは、うまいものを、たくさんに食べて来たのでしょうね」

とか、グルメの間に知れわたっている有名なレストランの味について尋《き》かれたりするが、私は別に、食べ歩きのようなことはしない。フランスで、これをやるとなれば、先ずフランス語ができて、メニュが読めなくてはならないし、私ならば二十年前の胃袋をもっていなくてはならない。外国へ行くのは、画を描くことと、紀行の随想を書くためで、そのための旅行の中で出合ったものを食べてくるにすぎない。

ともかくも、外国へ行くときの私は、腹八分目というよりも七分目にしてしまう。

異国の旅先で胃腸をこわしたら、

（たまったものではない）

と、おもうからだ。

つまりはそれだけ、私も齢《とし》をとったのだろう。パリにいるときは、パッシーの定宿〔マスネ〕の近くの中華料理を食べるか、モンパルナスの〔クーポール〕か、レアールの〔ピエ・ド・コション〕か、その近くの〔エスカルゴ〕などへ行く。いずれも気楽な店で、サーヴィスがよく、何につけ手っ取り早い。パリに住む人たちにまじっていて、少しも違和感をおぼえない。

ことに〔エスカルゴ〕では、フレッシュ・フォアグラを軽くソテーし、マスカットをそえた、やや甘酸《あまず》っぱいソースをかけた一品が大好きだ。

いつも海外旅行に同行して、世話をやいてくれるSなどは、はじめのうち、私があまりに少食なので、

「躰のぐあいが、どこか、お悪いのですか？」

案じてくれたほどに、食欲をつつしんでしまう。このためか、どうか、外国へ行っ

て躰をこわしたことは一度もなく、持参の応急漢方薬は、ほとんど同行者のためのものとなってしまうのが常だ。

そんな私だが、五年ほど前に、フランスからスペインをまわったとき、私にとっては、生涯最後の大食をしたことがある。

それは、スペインからフランスへもどり、ペリゴール地方の美しい保養地レ・ゼジーへ二泊した後、同行のA君が運転するプジョーで長いドライブの後に、ロアンヌのホテル〔トロワグロ〕へ泊まったときのことである。

トロワグロ兄弟……ことに兄のジャンは、現代フランスの料理界で一、二を争う料理人だ。私が知っているI君は、むかし、このトロワグロの許《もと》で修業をしていたこともあり、親切な紹介状を書いてくれた。

ところがフランスへ入って〔トロワグロ〕へ電話をすると、すぐに受けつけてくれたので、別にI君の紹介状は必要でないことになったが、当時、パリに在住していたA君は、

「紹介状があるのならば、利用したほうがやはり、いいとおもいます」

「そうかい。そうしてもいいが、紹介状を出すと、トロワグロは、いろいろとぼくたちによくしてくれるよ」

「……？」

AもSも、私のいうことが、のみこめない。

「食事も、たっぷりと出るだろう。どうだい、食べきれるかい？」

二人は、それがどうしていけないんだというように、顔を見合わせたが、

「大丈夫ですとも」

「よし。それなら、そうしよう」

私はI君の紹介状をA君へわたした。

その当日の朝に、レ・ゼジーのホテルを発《た》つとき、私はコーヒーを二杯のんだが、その他は小さなクロワッサンを一つ食べたのみで、中央高地を走りぬけ、昼飯にユッセルという町の軽食堂へ入ったときも小瓶のビールとパンを一口にしておいた。

SとAは朝もたっぷり食べたし、昼も、あの棍棒《こんぼう》のようなフランス式サンドイッチを頬張《ほおば》っている。

ロアンヌの〔トロワグロ〕は、駅前にあって、小ぢんまりとしたアール・デコふうのホテルとレストランを兼業し、ホテルへ泊まる人は少ないが、いまやフランス各地から食道楽の連中が押しかけて来て、ワイン、皿、フォークからスプーン、葉巻までが〔トロワグロ〕のネーム入りで売られていた。

シャワーを浴びて食堂へ入ると、すぐに兄のジャン・トロワグロがテーブルへやって来て、

「I君の紹介状を見ました。彼は当店で実によく、はたらいてくれました」

と、いう。

髭にも髪にも白いものがまじっていたが、フランス俳優ジャン・マレーも顔まけの堂々たる美丈夫である。私たちが、えらんだ料理を注文すると、果たしてトロワグロは胸をたたき「私におまかせ下さい」という。私のおもったとおりになった。

先ず、小さなパテふうのハムと焼きたてのミート・パイ。つぎに前菜として、新鮮な野菜をモザイクふうに寄せたテリーヌのようなものにトマト・ジェリーがかけてある。しゃれていて、美しくて、うまい。

つぎにルー（白身の魚）のミニヨネットで、それから肉になるかとおもったが、そうではない。巨大なオマール海老のカンカル風バター炒めというのがワゴンで運ばれて来た。テーブルの傍で火をつけ、フランべしたのへ黒キャビアを添える。

これを食べ終わったとき、SとA両君は満腹の状態となり、ためいきをついた。

「おい、まだ早いよ。これからだよ」

と、私はいった。

「まだ、出るんですか……」

「ああ……ぼくは、もうダメだ」

そして、兎《うさぎ》のソテーが来たときには、二人とも手をつけなかった。その後で果実の盛り合わせに薄焼きリンゴとアイスクリーム。オレンジの皮の砂糖漬けを添えたコーヒーと、私はすべてを腹中におさめた。

よくも食べられたものだが、このために私は朝から用意をおこたらなかったのだ。

そして、トロワグロの料理が、いずれも旨かったから食べられたのだろう。トロワグロは、いま流行の新しいフランス料理の先駆者の一人だというが、東京のフランス料理のようにケチケチと皿に盛ったものではなく、つけ合わせの野菜などもたっぷりと出て、豊饒感にあふれていた。

このときの食事は、約三時間かかった。

となりのテーブルでは、フランスの小さな老女が私たちと同じフル・コースをたいらげ、平然としている。げんなりとなって椅子からうごけない私の若い友人たちとは、まことに対照的だった。

アルルの雷雨

〔トロワグロ〕へ泊まったときジャン・トロワグロが、私に、

「ムッシューは、何かスポーツをおやりですか？」

と尋《き》いたので、いまは何もやってはいないとこたえた。するとトロワグロが、

「ぜひ、テニスをおすすめします。テニスというスポーツは、ただ躰のためによいというばかりではなく、どのような仕事にも益するところがあります」

「なるほど。それは集中力のことですね」

「そのとおりです」

トロワグロは、よほどテニスが好きだったらしいが、去年（昭和五十八年）の夏に、静養先のボージュ県ビッテルで、大好きなテニスをしていて心臓発作に襲われ、五十六歳の生涯を終えた。当人も、おもってもみなかったことだったろう。

その後、トロワグロに教えを受けたＩ君に、

「亡くなったね？」

「ええ。あの少し前に東京へ来られましてね。二人して浅草へ遊びに行ったのですよ。ええ、とても元気だったんですが……」

とのことだった。

このときの旅行は、パリからバルビゾン、ボーヌ、アルル、ニース、マルセイユからスペインへ入り、バルセロナ、マドリッド、トレド、グラナダ。そしてまた、フランスへもどり、ガスコーニュの小さな村のホテル〔シャトー・ド・ラロック〕というのへ泊まった。

深い森に包まれた、このホテルの夕餉《ゆうげ》はさしたるものではなかったが、翌朝に部屋へ運ばれて来た焼きたてのパンがすばらしかった。

パンには、さして興味をおぼえぬ私だが、やわらかくて香ばしい三種類のパンを自家製のバターとジャムで食べたときには、おもわず、残したパンはハンカチーフへ包んでしまった。その日の私の昼飯は、それで充分だった。

このときのことをおもい出して、それからのフランス行きには、何度かホテルの朝飯のパンを持ち出し、田舎をまわるレンタカーを景色のよいところで停め、近くの村でビールやワイン、ハムやパテなどを買って来て、ピクニック気分の昼飯をするようになったのである。

ことに、日曜日などは田舎の町や村でもレストランは店を閉めているので、ピクニックがもっともよい。

さて……。

ガスコーニュからレ・ゼジーへ着いて、私たちは〔クロマニヨン〕という小さなホテルへ二泊した。

秋の花々と木立に囲まれた、いかにも家庭的なホテルで、ここへ泊まる条件として、

「ぜひとも、当ホテルで食事をしていただきたい」

という。

つまりは、それだけ、料理自慢のホテルなので、主人みずから客のテーブルをまわって注文を受け、

「前菜がこれならば、肉は、このほうがよろしいです」

などと、アドバイスをする。

このあたりは、フォアグラとトリュフの名産地ゆえ、たっぷりと食べたが、印象に残っているのは近くの川で獲れた鱒《ます》を蒸して野菜ソースに浸《ひた》した一品だった。

レ・ゼジーには、有名な先史時代の遺跡があり、クロマニヨン人発見の地というこ

とで、画家の杉浦幸雄さんが、

「お伽噺《とぎばなし》の、お菓子の家のように美しいホテルの庭の、ミモザの木蔭の椅子にかけて、ただもう、わけもなくぼけーっとしている良さよ」

と、何かに書いていたが、まったくそのとおりで、シャワーを浴びた後、ホテルの前の、バカンスも終わって青い水をたたえたまま静まり返っているプールの前のベンチへ腰をおろし、白い三日月をながめつつ、しだいに夕闇が濃くなってくるのを、うっとりと感じている気分は何ともいえず、寿命が二、三年は延びたようなおもいがしたものだ。

このときの旅は多彩で、さまざまな思い出を残してくれたが、その中でも、アルルのホテル〔ジュリアス・シーザー〕へ二泊したのがよかった。今年もまた、アルルへ行くつもりでいる。

ギリシャとローマの文明が地中海を経てもたらされ、一時はサラセンに征服されたというこのあたりは、男にも女にも、その混淆《こんこう》が見られて、十六、七の少女の美しさは何ともいえない。むろんのことにスペインの色合いも人間のみか、街や村に濃厚である。

ホテルは四ツ星だが、冷房《エヤコン》などはついてない。部屋には虫除《むしよ》けの網戸がついているし、食堂へ入ると真っ白なテーブル・クロースに蝿《はえ》が一匹とまっている。それが、いかにもアルルらしく、好ましかった。

食事もうまい。

フォアグラと生のシャンピニオンのサラダやアントルコート・カレンダールと称する牛肉のステーキ。プロヴァンス風の仔羊など、みんな、うまかったが、とりわけ、デザートにえらんだペパーミントの氷菓《ソルベ》が何ともいえなかった。

私だけの感覚かも知れないが、まさに、アルルという土地にぴたりのデザートで、これはアルルへ泊まってみて、ペパーミントの氷菓を口にしなくてはわからない。

かのゴッホは、アルルについて、

「陽光の輝く空は新鮮で、その青空が恐ろしいまでに美しく、目眩《めくる》めくようだ」

と、語っているけれど、夏は過ぎ去っても、なお額《ひたい》にじっとりと汗がにじむほどの、プロヴァンスの初秋の夜にふさわしいペパーミントのさわやかな香気、味わいだった。

夜が更けて部屋へもどり、シャワーを浴び直し、ベッドへ寝転んでコニャックをなめていると、突然、稲妻が光った。

ふと、見ると、向こうのテーブルの端に、またしても一匹の蝿がとまっていて、凝《じっ》とうごかぬ。スタンドだけの室内の夜気は、重くたれこめている。

また、稲妻が疾《はし》る。

まるで、ドーデの小説の中にいるような気分になってきた。

(とても、いいな)

煙草を吸おうとおもったが、身を起こすのも物憂《ものう》くなり、テーブルの上の蠅を見ているうちに、眠くなってきた。

そして、いまや眠りに落ち込もうとしたとき、稲妻と共に雷鳴がとどろき、驟雨《しゅうう》がきた。

私が立ちあがって、テーブルの煙草へ手をのばしても、蠅はうごこうともしない。

彼は、夏の盛りの体力と気力を失っていたのだろうか……。

ホテルの少年少女たち

近ごろ、新聞か何かで、フランスの義務教育が高校まで引きあげられたものだから、中年のフランス婦人が、

「進学の自由を奪った」

と、憤慨しているという記事を読んだけれども、まったく同感だ。

私は、東京の下町の旧制小学校を卒業したのみの学歴だが、当時の、下町の子供たちの大半は小学校の義務教育のみで、世の中へはたらきに出て行ったし、私の場合、ともかくも勉強がきらいだった。

苦学することは可能だったが、きらいなことをしても成果はあがらなかったにきまっている。

フランスの地方では中学を出たばかりの少年少女が、みんな、活気にみちてはたらいていた。これからはどうなるだろう。

オルレアンに近い、ロワール河沿いのジアンという美しい町へさしかかり、予約もせずに二ツ星の小《プチ》ホテルへ泊まったことがある。浴室は部屋についていたが便所だけは共用で、町の台地には十五世紀に築かれた城もある。

ロワールの河幅もひろく、ホテルの窓から、河辺を散歩する町の人びとの姿がのぞまれ、マロニエの木立が深かった。

夕暮れの町の、親切な店でシャツを買ったりしてホテルへもどり、食堂へ入ると、少年の給仕たちがきびきびと立ちはたらいてい、その中でも年長の十七、八の少年が給仕主任《ジェラン》というわけだ。

いまはフランスでも給仕《ギャルソン》とはよばない。みんなムッシューになってしまった。客も、運転手も車掌もムッシューである。

そこで私は、件《くだん》の少年ジェランを、

「ムッシュー」

と、よんで、葉巻を出すや、

「メルシ」

少年は、にっこりとして受け取ってくれた。

同行の友人たちは、

「葉巻は、少し早いんじゃないですか」

と、いう。

「なあに、あんなに一人前にはたらいているのだから、彼は、もう大人だよ。葉巻も酒も一人前さ」

私は、少年のころの自分をおもい出しながら、そうこたえた。

このときに食べたのは、鶏の赤ワイン煮とトリュフ入りの炒《い》り卵、カシスの氷菓《ソルベ》で、取りわけてうまかったわけではないが、少年たちの一所懸命のサーヴィスによって、私たちは本当にたのしく夕飯をすませたのだった。

夜が更けて、部屋へもどり、窓を開けて冷たく澄みきった夜気を胸一杯に吸い込んでいると、ホテルの通用口から少年のジェランが出て来て、ホテル前の道を突っ切り、ロワール河をのぞむ木立の中のベンチへ腰をおろす姿が、月の光と、道端の街燈によって、はっきりと見えた。

少年の白い服が微かにうごいたとおもったら、彼の手の中に火が浮いた。マッチを摺ったのである。

つぎに、彼の口からけむりが吐き出された。私がプレゼントした葉巻を吸いはじめたのだ。

いかにもうまそうに、ゆったりとして、少年は葉巻をふかしている。

一日の、はげしい労働を終えた後の憩いを、彼はたのしんでいた。

「やってるな……」

と、私は口の中でつぶやいた。

レ・ゼジーのホテルにいた少女も、朝早くから掃除にはたらき、夜は食堂へ出て給仕をする。

日本から持って行った布製のカレンダーをあげると、

「メルシ」

実に、うれしそうな顔をする。

「パリで、暮らしたいとおもったことはないの？」

私がSの通訳で尋ねると、

「パリは一度だけ行きましたが、あんなに騒がしいところは二度と行きたくない。パリはフランスではありません」

彼女は、そうこたえた。

これも、ロワール河の、ジアンよりもっと下流のブロワに近い、オンゼンという町の外れに〔ドメーヌ・オート・ド・ロワール〕という小ホテルがある。

このホテルに、ドミニクという少女のメイドがいて、はじめに私が泊まったときは、まだ十六だった。しぼりたてのミルクのような匂いがする健康そのものの少女で、夜になると食堂へあらわれ、ワゴンの肉を切りわけ、野菜を盛りつける手さばきのよさ、その健康なはたらきぶりを見て、私たちは、すっかり気に入ってしまった。まるで、フラゴナールの絵の中から抜け出したようなドミニクだった。ドミニク自身は、別に何とも思ってはいないのだろうが、日本の都会に住む甘やかされ放題の少年少女を見ていると、ドミニクのような少女はどうしても健気《けなげ》に見えてしまう。

ホテル自家製のフレッシュ・フォアグラのソテーも舌びらめもうまかったが、アーモンドの香りがする季節のサラダを鉢から皿へ取りわけるドミニクが、ことさらに食事をたのしくさせてくれた。私は、ドミニクの写真を撮り、帰国してから書いた旅行記〔田園の微風〕の中へ入れた。

それから二年後に、私は再び、オンゼンのホテルへ泊まる機会を得た。

車から降り、ホテルへ入って行くと、ちょうど、ドミニクがフロントのところへあらわれたので、〔田園の微風〕の中の、ドミニクの写真がのっているページを開いて見せると、

「トレビアン」

ドミニクは、おどろきとよろこびの声をあげ、私に抱きつこうとしたが、折しも後から入って来た私の老妻を見て、おもいとどまったときの初々《ういうい》しさが、何ともいえなかった。十八になったドミニクは、二年前の、はちきれんばかりの躰が細っそりとして、もう少女ともいえなかった。

リンゴのように赤かった頰も白くなり、私が近寄って額にキスをすると、見る見るうちに、その白い頰へ血がのぼってきた。

シャワーを浴び、食堂が開くまでの時間を庭の椅子にかけて待っていると、ドミニクが夕闇の中を掻きわけるようにして、サインをもとめに来た。

この夜は、牛ヒレ肉のステーキ、生鮭のサラダと、ソローニュ産アスパラガスなどを食べて、このホテルの以前と変わらぬ料理のうまさに満足をした。

ドミニクは彼方のテーブルのサーヴィスにかかっていたが、こちらを向いて私と眼が合ったとき、だれにもわからないように投げキッスを送ってよこした。

「ドミニクも、きっと、いい男《の》ができたのだろうよ」

と、私はSにいった。

サン・マロの牡蠣

数年前に、フランスのノルマンディに旅したとき、田舎の〔シャトー・ド・ラ・サル〕というホテルへ泊まったことがある。

地図にものっていないような、まったくの田園で、このときばかりは日没ぎりぎりになって、ようやくホテルを見つけ出したのだった。

日本とちがって外国の田舎では、道路と標識が完全でも、あたり一面、真っ暗闇となってしまうから展望がきかず、道に迷いかねない。この日も、もし、モン・サン・ミッシェルを見物していたら、間ちがいなく暗闇の中で立ち往生していたろう。

海岸から少し離れた小島に教会と城壁が、がっしりと組み込まれたフランス屈指の観光名所モン・サン・ミッシェルは、遠望だけで我慢しておいた。

帰国してから、川口松太郎氏に、

「バカだなあ。ぼくが、とても見たいところだったのに、どうして見て来なかったんだ」

と、叱られてしまったけれども、レンタカーの旅行では、見たいところも切り捨ててしまわぬと、日没前に目的地のホテルへ投宿することがあぶなくなってくる。

ホテル〔シャトー・ド・ラ・サル〕は、古い古いむかしからの、このあたりの地主の屋敷であったらしい。石造りで、中世の名残が濃厚にたちこめてい、洗面所と浴室は最新式の設備だが、天蓋《てんがい》のついた古びたベッドに身を横たえ、窓のガラスごしに、澄みわたった夜空の星の煌《きら》めきをながめていると、まるで〔タイム・トンネル〕へでも入っているような気分になってきた。

初秋だというのに、予備の毛布を出したほど、夜は冷え込みが強《きつ》かった。

このホテルの、美しい初老の女主人ルメスルさんは親切でやさしく、ホテルも味わい深かったが、料理だけは、どうも私の口には合わなかった。同行の若い友人たちは「うまい、うまい」と食べていたが、何といってもノルマンディでは料理にクリームをよくつかう。朝のしぼりたての牛乳なども実に濃厚で、これはさすがにうまかったが、料理のクリームは初老の私にとって、いささか濃厚すぎた。

仔牛の喉肉の煮込みや羊を食べたのだけれども、私は半分もこなしきれなかった。

翌朝、古びた納屋と馬屋の前のベンチに腰をおろし、のんびりとパイプをたのしんでいると、グレート・ピレネーズの老犬がのそのそあらわれ、私の足許へ寝そべった。何だか、ルナールの〔にんじん〕に出てくるルピック氏になったような気分だった。

その日、私たちは、ブルターニュのサン・マロへ立ち寄った。ランス川の河口の、花崗岩《かこう》の小島へ修道院が建てられたのは六世紀のことだ。その後、このサン・マロの小島は城壁に鎧《よろ》われ、ジャン五世が城を築き、十六世紀から十九世紀にかけて、海賊や航海家たちの根拠地ともなった。

戦後になると、サン・マロは、第二次大戦中に、ドイツの爆撃で、ほとんど壊滅してしまったが、中世の面影をとどめていた城塞都市を、以前のままに再建したのである。

これは実に、すばらしい復元であって、同行のSが、

「まるで、街全体が博物館に見えますね」

嘆声を発したほどだ。

街路には汐《しお》の香がただよい、肌寒い北フランスの秋だというのに、女たちが水着ひとつで海へ入っていくのが、代赭《たいしゃ》色の城壁から望見された。

空も海も、こちらの魂が吸い込まれてゆくような紺碧《こんぺき》で、風が唸り声をたてている。

カモメが何か哀しい鳴き声をあげ、しきりに飛び交《か》っていた。

「とても、フランスの風景とはおもえませんね」

「海峡のすぐ向こうは、イギリスなんだものね」

「そういえば、そうでした」

観光客も、イギリス人が多いらしい。

私たちは昼飯をするために、しっとりと落ちついた小路の中のレストラン〈ル・コルヌアーユ〉というのへ入った。

すでに、メニュには牡蠣《かき》がある。

同行のSもYも、生牡蠣が大好きだし、私も好きだが、日本の牡蠣を食べ慣れている所為か、こちらの生牡蠣は口へ入れると砂があったりして、私は、あまり口にしたことがない。SとYは例によって、すぐさま生牡蠣を注文した。

「ぼくも、同じだ」

私がそういうと、二人が、

「めずらしいですね」

「ここのは、うまそうにおもえる」

酒は、ミュスカデにした。

このときの、レモンを振りかけた生牡蠣がうまかったのは、前夜の宿の濃厚なクリーム料理にうんざりしていたからだろう。

しかも、サン・マロの雰囲気にふさわしい生牡蠣だ。

レストランの有線放送が〔ピーナッツ・ヴェンダー〕や〔タブー〕や〔二人でお茶を〕などの、なつかしいスタンダード・ナムバーをたてつづけにながしている。

「いよいよ、フランスらしくなくなってきたね」

生牡蠣を一ダース（SとYは二ダースもやった）腹へおさめた後で、私はグラン・マルニエのスフレにした。私の昼飯は、これくらいで、ちょうどよい。それでないと夕飯がうまくなくなってしまう。

昼飯を終えて路上へ出ると、まだ汐の香がただよっている。

出がけにタバコをあげた給仕が追いかけて来て、サン・マロの観光パンフレットをくれた。この街の店ではたらいている人たちは、いずれも英語が達者だと、Sがいった。城壁も街も、すべて石造りで、路上には魚介を売る女たちが店をひろげている。

こうしたサン・マロの雰囲気にさそわれた私は、玩具屋へ入り、むかしの海賊が持っていたようなピストルを買った。

このモデル・ガンが、帰国の折のドゴール空港で検査に引っかかろうとは、おもってもみなかった。

むろんのことに、すぐさま、うたがいは霽《は》れたが、もし機内で出されたりすると乗客がおどろくゆえ、成田到着まで、

「乗務員が、おあずかりします」

ということで、おさまった。

空港に詰めていた、ヒゲの検査官が自分の本物の拳銃を指し、私にいった。

「やっぱり、こっちのほうがいいでしょう」

回転橋のおかみさん

私が、はじめて、フランスの土を踏んだのは七年前の初夏のことで、H社の小冊子を書くための取材に出かけたのだった。このときの印象がとてもよかったので、以後、何度もフランスへ行くことになったのだが、初回のときは仕事のための旅行だったので毎日がいそがしかった。そしてフランスにいても、ほとんど東京にいるのと同様の感覚ですごせたのは、少年のころから観つづけてきたフランス映画のおかげだったといってよい。食事についても、米飯や刺し身や味噌汁を口にしたいとおもったことは一度もなく、これは、我ながら予想外のことだった。私がレストランで接した男女のフランス人は、いずれもよい人たちばかりで、そうなると食べるものまでも旨くおもえてくる。

サン・マルタン運河の回転橋のたもとの、マルセル・カルネの映画や、ダビの小説で有名になった〔北ホテル〕のとなりに〔回転橋《ル・ポン・トゥルナン》〕という小さなレストランがあり、此処で昼飯をしたとき、私は仔牛のエスカロップやトマトのサラダを食べた。

この店はアラブ人の経営らしく、おかみさんが一人で料理をつくるのだが、その所為か何やらアラブ風の味つけで、私には、あまりうまくなかった。食事をすませ、友人たちより一足先に外へ出た私がレストランの前の椅子にかけて、水門と運河を通る荷船をながめていると、アラブ人のおかみさんが店から出て来て、私の足許を見るや、すぐさま裏手へまわり、湯でしぼったタオルを持ち、再び外へあらわれた。

何をするのかとおもったら、私の傍へ来て屈《かが》み込み、私のズボンについた泥をきれいにふきとってくれたのには恐れ入った。

「メルシ」

私が一つおぼえの礼の言葉をのべると、おかみさんはニコリともせず、ただ大きくうなずいてから店の中へ入って行った。

ジャン・ギャバンが主演したフランス映画〔望郷《ペペ・ル・モコ》〕に出て来る、ペペの情婦・イネスというアラブ女にそっくりのおかみさんだった。

このおかみさんの親切によって、うまいとはおもわなかった料理までが、後々、忘れがたいものとなるのだ。

その後、フランスへ行くたびに、サン・マルタン運河を見に出かけるが、レストラン〔回転橋〕の前を通り、あのおかみさんが元気ではたらいているのをたしかめ、何やらたのしい気分になってくるのである。

いつも時間がなくて、中へ入らないが、今年はぜひ、七年ぶりに店へ入って仔牛のエスカロップを食べるつもりだ。

リヨン近郊の〔ラ・メール・ギイ〕というレストランも忘れがたい。この店では舌平目のムニエルがうまいと、同行のT君が何処からか聞いてきたので、私は迷わずにそれを注文した。魚のムニエルなんて、ありふれた一品だという人もいるが、なかなかそうではない。魚を焼くのも肉同様にむずかしい。ギラギラとあぶらの浮いたソースを、魚が浮きあがるほどにかけてくるムニエルなどは食べられたものではないのだ。この店のムニエルは、軽く、こんがりと焼きあげた舌ざわりといい、魚のさばき方といい、実によかった。店は、むかし、このあたりの金持ちの居館を改造したものらしく、門を入ると、ひろい庭に花の香りがたちこめてい、白いスーツに身をかためた店の青年が、ホテルから電話を入れた私たちを待っていてくれた。

帰るときには、老いた支配人があらわれ、にこやかに私の手を取り、にぎりしめ、口には出さずとも眼の表情で、

「よく、おいで下さいました」

と、いう。私もフランス語はできないから、微笑を返し、眼で、

「とても、うまかった」

と、こたえる。

眼と眼だけで、充分に語り合える。

はるばると異国から来た、はじめての客をもてなす〔ラ・メール・ギイ〕の心情は、いまもって忘れがたい。

それにくらべると、かのジャンヌ・ダルクが火刑に処せられたルーアンのレストランなどは、名所観光地のゆえか、料理もまずかったが、もてなしぶりも最低だった。

もっとも、私たちが入った店だけが、そうだったのかも知れない。

このときの印象があるためか、その後にルーアンへ行っても、

「ちょうど夕飯の時間ですけど……」

連れの人に、そういわれても、

「いや、ルーアンで食べるのはよそう」

ということになってしまう。

おもうに、飲食の商売というのは、たとえ一日たりとも油断ができない。大変な商売である。たとえ行きつけの店であっても、たまたま出された料理がまずかったりす

ると、たちどころに足が遠退《とおの》いてしまう。

それだけに、すぐれた料理人は神経の休まるときがない。

このときの旅行では、ル・アーヴルに近いブ・アシヤンという小さな町の、小さなホテル（兼）レストランで昼飯を食べたが、ここも若いおかみさんが料理をする。小羊のロースト、鱒のバター・ソース、サラダなど、いずれもうまく、ていねいな料理だった。

四人で腹いっぱい食べて飲んで、たしか一万二千円ほどではなかったろうか。ワインだけでも三本は飲んだのである。

もっとも七年前のことだ。いまはとても、こんなに安くは食べられまい。

さて……。

そろそろ帰国の日が近づいてきたので、

「毎日、仕事の旅ばかりしていたのだから、ちょっと骨やすみをしようじゃないか」

「いいですね」

そこで、フォンテンブローの大森林を背後にひかえたバルビゾンのホテル〔バ・ブレオー〕へ二泊した。

この山荘ふうのホテルの、七年前のすばらしさは、手短に語りがたく、書きがたい。

いまは、どうだろうか……。

ここで、小鳥の声を聞きながら、香水をシーツへ振りかけてあるベッドで、のんびりと昼寝をしたときの気分は何ともいえなかった。ホテルには、ディノ・マルキュアーレというイタリア人の給仕監督《ジェラン》がいて、私たちを親切にもてなしてくれた。

近くのモレーの町へ遊びに行き、昼ごろにホテルへ帰って来て、鳥の声と花々の香りに包まれた庭のテーブルで、ホテル自家製の生ハムとパン、野菜サラダでワインをのんだときのうまさも、ディノのサーヴィスが実によかったことが物をいっている。

同行のP君が私のことを小説家だと、ディノに洩らしたらしく、

「私を主人公にして、このホテルを舞台に小説を書いて下さい。ヘビイ・スモーカーの私の女房も登場させて下さい。このつぎに、おいでになるとき、その本を持って来て下さい」

いかにもイタリア人らしいディノ・マルキュアーレは、私にそういったのだった。

ブリュージュの桜桃

一昨年の初夏。北フランスで、まだ見ていないところをまわったときに、同行のS君が、

「ベルギーのブリュッセルに、私の旧友が銀行の支店長をしています。レンタカーなら、フランスからすぐです。ちょっと行ってみませんか」

と、いう。

「それも、いいね。オート・ルートへ入って、途中、コンピエーニに寄っても、暗くなるまでには、ブリュッセルへ到着できるだろう」

「大丈夫です」

その日の朝。パリの定宿〔マスネ〕を午前十時半に出発した私たちは、九世紀以来、フランスの王さまたちが増築と拡張をつづけて完成した大宮殿と一万五千ヘクタールにおよぶ大森林があるコンピエーニや、その近くのピエルフォンの城を見物し、ふた

たびオート・ルートへもどり、国境を越え、ブリュッセルの〔ホテル・アミーゴ〕へ着いたのは午後五時三十分だった。空は、まだ真昼のように明るい。

S君の旧友A氏は、折しも他の宴席へ出なくてはならぬので、わざわざ、自分の部下のB氏を私たちのホテルへさしむけてくれた。

B氏も実に親切な人で、

「夕飯には、ヴィラ・ロレーヌというレストランがよいとおもいます」

「そこへ、お願いしましょう」

ブリュッセルには、ソワーニュの森と、カンブルの森という二つの大森林がある。〔ヴィラ・ロレーヌ〕は、三百四十万坪の大森林公園・ソワーニュの中にあった。ホテルでシャワーを浴び、着替えをすました私たちが、このレストランへ入るころに、ようやく、日が暮れかかってきた。深い深い森の空気は濃密で甘い。夕闇に包まれた前庭には、初夏の花の香りがただよい、庭のテーブルにも客がいた。

この田舎風のレストランは、数年前に泊まったバルビゾンのホテル〔バ・ブレオー〕を漫《すず》ろに想い起こさせる。

〔ヴィラ・ロレーヌ〕が自慢だというシャンパンを抜くと、焼き肉のパテをゼリーで寄せた、シャンパンの肴が出る。

つぎに私は、アルデンヌの川で獲れる川鱒が食べごろだと耳にしていたので、それをバター・ソースにしてもらったが、同行の家人はスコットランドの鮭のムニエルを注文した。なるほど、ここまで来れば、イギリスは程近い。

「よかった。明日の夜も此処にしよう。Bさんにたのんでおいてくれ給え」

と、私はS君にいった。

もっと、もっと、いろいろ食べたかったが、いまの私の胃袋は小さくなる一方なのだ。この年、フランスもベルギーも十何年ぶりの猛暑となって、平年は冷房の必要もない北ヨーロッパだけに、ホテルの冷房も故障中で、昼間の暑気が部屋に澱《よど》んでいたけれども、十坪のサロンと寝室から成る広い部屋だし、窓を開けると冷気がながれ込んできて、たちまちに汗が引いた。

このホテルは、有名なグラン・プラス広場の、市庁舎の裏手にあって、茶色の煉瓦《れんが》で外壁をかためた、古風で、しかも美しいホテルだった。入浴して窓際に立つと、突如、雷鳴がとどろき、沛然《はいぜん》たる雨になった。

翌日。私たちはオート・ルートを一時間半ほど飛ばして、ブリュージュを見物した。

「街のすべてが、中世フランドルの博物館である」

などと、ガイド・ブックに記されているが、そのとおりだった。観光客が多くとも、町の中へは自動車を入れないから、少しもさわがしくない。観光客を乗せて走る馬蹄《ひづめ》の音が石畳の道にひびくのみである。

町の中には縦横に運河がめぐっていて、私たちは、その運河のほとりのレストランでやすむことにした。ベルギーへ来ると、メニュの読み方もむずかしい。ともかくもビールと苺のクレープを注文しておいて、私は戸外のテーブルからはなれ、近くをぶらぶら歩くことにした。

ふと見ると、八百屋があって、いまが食べごろのサクランボが出ていた。東京にいると、つい、食べるのを忘れているサクランボだが、ヨーロッパの初夏のサクランボはたまらなくうまい。はじめてフランスへ来たとき、ニースの市場へ入って自動車の窓からサクランボを買い込み、その新鮮な香りと味わいを、こころゆくまでたのしんだものだ。

私は、八百屋の店へ入り、サクランボを二皿、奥へ運んで行き、あらわれた店のおばさんに、

「すぐに食べるのだから、このサクランボを洗って下さい」

と、いった。

いや、私は外国の言葉を知らない。身ぶりで、それとしめしたわけだが、おばさん

はたちまちにわかってくれて、にっこりと笑いながら、そこの水道でサクランボを洗ってくれた。その間に、私はガラスのケースの中にあるアイスクリームを見て、これを四つ取り出した。

おばさんはうなずき、

「このアイスクリームは、うまいですよ」

と、身ぶりでしめす。

「そうらしいね」

「そうですとも」

こうなると、言葉なんか必要ないのだ。

ベルギーのお金を出すと、釣り銭をくれる。

「どうも……」

「ありがとう」

サクランボとアイスクリームを抱えて、レストランのテーブルへもどると、みんな、呆れたような顔つきになった。言葉を知らないのに、どうして買ったのだろうと、おもったらしい。私たちは、白ワインで、サクランボをたんのうした。

港町として栄えたブリュージュが、

「中部ヨーロッパ随一の交易都市……」

だったのは、十三、四世紀ごろだったろう。当時の面影が色濃く残されているブリュージュに別れを告げ、私たちがブリュッセルへもどったのは午後五時だった。

この夜は、A・B両氏とも多忙で、B氏が私たちをソワーニュの森の入り口まで先導してくれる。

〔ヴィラ・ロレーヌ〕へ着くと、二度目なので、クロークのおばさんも給仕たちも親しみをこめて迎えてくれた。昨夜と同じシャンパンに、家鴨の薄切りソテー。それに私は、またアルデンヌの川鱒を注文した。

デザートは、甘いソースと生クリームを添えた苺にする。

「ここへは、もう一度来たいね」

私が、そういうと、みんなは苦笑する。

つぎには、私の口から、

「来たいけど、おれの齢《とし》になると、先行きが分きざみになってきて、どうなるかわからないものね」

というセリフが出てくるのを知っているからだろう。

続　二黒土星（A）

この連載の十六回目の〔二黒土星《じこくどせい》〕の章で書きのべた、高松市の料理屋〔高はし〕の娘さん・珠恵さんの生涯に胸を打たれた人びとの反響も大きかったが、亡き珠恵さんのお母さん・高橋朝子さんの手紙がとどいたのは一月二十九日の朝で、以後、合わせて三通の手紙をいただいた。

私は、生前の珠恵さんの写真を週刊誌で見たときの感じを、

「ほのかに笑みをたたえた、ほとけさまのように美しく落ちついた……」

と書いたが、お母さんの手紙にも、

「娘は、昔、木曽の御岳山へ友達と登りましたとき、修験者《しゅげんじゃ》に呼びとめられ、あなたの顔は仏相だと言われたことがあったそうです」

と、ある。

果たして、珠恵さんの人相は、尋常のものではなかった。

珠恵さんは若くして〔西行研究の問題点〕という卒業論文を書いており、その中で、「人間の、真実の生き方は道の中に自己を投げ棄てること、道と一つになることである。道とは何も歌に限らない。自分のするべきことをするところにあるものである。各々、自分に合った道を歩めば、それが今の瞬間に現成しているとき、そのまま仏性である」

と、書いている。

これを、珠恵さんの遺品の中に発見して読みすすむうち、御両親は、

「あふれる涙を、こらえきれなかった……」

そうな。

珠恵さんは、大学の卒業論文で、このような信念を吐露《とろ》し、卒業するや、両親をたすけて家業に生涯をささげる道をえらんで迷わず、多くの人びとをささえるちからとなって五十年の生涯を終えたわけだが、世の中には稀《まれ》にではあるが、このような人があらわれる。

こうなると人であって、人でないようなおもいにさせられる。

生まれながらの仏性をそなえた、この女人の本命星は二黒土星だが、生まれた月は、この年の十一月二十日だというから、月命の星も二黒土星だ。

本命、月命共に二黒となると、これは六白金星の象意をもふくむ。

六白金星には、天、父、充実、完成、威厳、至徳などの象意があり、二黒土星は大地、慈悲、育成、柔和、従順、努力の象意がある。

人物としての六白が父なら、二黒は母、妻の星だ。

九星それぞれ、良と悪、清と濁《だく》の象意をもつ。人によって、その両面があらわれるし、悪の面だけがあらわれ、抜け出せない人もいるが、珠恵さんの場合は自分の星の良の象意を、すべてにおいて、

「生かしきった……」

と、いえるだろう。

また、そこに一点の我欲もなかったのだから、これは人であって人ではないのだ。

お母さんは、私の文章を読み、

「まこと、おっしゃるとおりの娘でございました。よくも、まあ、一面識もない娘のことが、こうもおわかりいただけたかと感じ入りました」

手紙に書いておられるが、たとえ小さな一枚の写真でも、その人のすべてをものがたるものなのだ。ただし、私も自分のことはあまりわからぬ。

気学の研究をしていても、自分のことになると、つい、甘い見方をしてしまう。

私は写真を撮られるのを、どちらかといえば好むほうだ。なんとなれば、一年ごとに変わってくる自分の顔貌に興味をおぼえるからである。これは、むしろ作家としての感興をおぼえるのだとおもう。

珠恵さんの、お母さんの手紙を抜き書きしてみよう。

「……老父母を助け、必死にのれんを守って生涯を終えた事を思うと、不憫《ふびん》でなりません。嫁いでいる姉娘も、珠恵一人に負担をかけ過ぎたと、悲嘆《ひたん》と悔恨《かいこん》の明け暮れでございます」

そして、

「今にして思えば、瀆《よご》れを知らぬあの娘は、まるで菩薩《ぼさつ》の化身のようにすら感じますのは親莫迦《ばか》でしょうか」

と、ある。

珠恵さんは、私の書いたものを愛読してくれていたそうだ。

旅行なども、私の本を案内にすることもあって、正月の休暇に御両親と共にまわり歩いたりしたが、ことに鄙《ひな》びた温泉宿を好んだという。

私との縁が、

「娘と共にあると存じます」

　そういわれるのは、このことなのだろう。

　店を閉じた老夫婦にとって、いまなお、まわりの人びとから慕われ、惜しまれている珠恵さんのことが、

「どれほど、なぐさめとはげましになることでしょう」

　そして、近年は桜花を愛してやまなかった珠恵さんと共に、去年は三春《みはる》の滝桜と弘前の桜を見に行くつもりで、準備をしていた矢先に入院となったらしい。

「入院、死亡と、青天の霹靂《へきれき》とは、こういうことでしょうか。三春の滝桜は、ぜひ、娘の写真を胸に抱いてながめたいと念願しております」

　そのお母さんに、珠恵さんの友人だった婦人が、

「私と一緒にまいりましょう」

　そう言い出ているという。

　その後、珠恵さんのお姉さんの御主人・菰淵昭氏から私へ手紙がとどいた。

　菰淵氏は、こう書いておられる。

「いま、珠恵の骨を埋めるべく、私の墓をつくっています。高橋家は姉を私の妻にしていますので嗣子がなく、将来を考えると、私の墓に珠恵も、残された老父母も入る

のが、いちばんよいと考えたからです。彼女の好きであった卯《う》の花の咲く頃には、新しい墓も出来ることと思います」

珠恵さんのことを文藝春秋誌に書いた早瀬圭一さんも、新しい墓ができたなら、すぐさま四国へおもむき、墓参をする手紙をくれた。

そして、高橋家の切望を、こころよく受けいれて、この連載のカットを描きつづけてくれている風間完氏は〔二黒土星〕の章のカットを、御遺族にゆずられたということだ。

次回には、珠恵さんの死の前後の事どもを書くつもりである。

続　二黒土星（B）

〔高はし〕の常客の中に、高松へ単身赴任《ふにん》をして来た人がいた。

この人が歯の治療で食べるものに不自由をしていることを知るや、珠恵さんは、高野豆腐、卯の花、白和え、コロッケなど、治療中に食べやすい料理を、お母さんにこしらえてもらい、毎日のように、その人の会社へ運び届けたという。

折しも、自分の躰の調子が悪くなり、いよいよ入院という、その前日まで、珠恵さんは運びつづけた。

入院と聞いて、その人は驚愕《きょうがく》し、再三の見舞いを欠かさなかったが、ついに珠恵さんが息を引きとった通夜のときには、柩《ひつぎ》に取りすがって男泣きに泣いたそうな。

このような例は、一、二にとどまらなかったらしい。

珠恵さんの法名は、

〔釈妙恵信女〕

と、いう。

その七七忌の法要の挨拶状を抜き書きしておきたい。

……手術前夜に義兄（菰淵氏）の誕生祝いを私達に指示するような心優しい娘でありましたが、死に至る病とも知らず、さまざまな春の花が枕辺の花瓶の中で変るごとに、刻々と衰弱の度を深めたのでした。神仏の御加護で唯一痛みがなかったのが救いであったのですが、死の三、四日前のことです。姉が持って来た初物の赤い李《すもも》の香りをかぎたいというので手渡しますと、小鳥のように握りしめて、魅せられたように、その甘酸っぱい香りをかぐのでした。そして遂には、その小さい実を少しずつかじって果汁を吸ったのですが、それが最後の生への執着のようでした。

おそらく、この挨拶状は、お母さんの文章であろう。したがって、

「冷たいと言う骨のみの手をとりて、なでつつ梅雨の夜半となりゆく」

という手向けの歌も、お母さんが詠《よ》まれたのではあるまいか。

珠恵さんが生まれたときは一貫近くも体重があり、

「まるで、金時さんのような……」

丈夫な子だったそうだ。

ところが三歳のときに疫痢《えきり》にかかって、

「九死に一生を得まして以来、何となくひ弱な体質になりました」

と、お母さんは、手紙に書いている。

おもうに、この幼少時の大病により、かえって珠恵さんの心眼がひらかれ、自分がすすむ道すじが、はっきりと見えてきたのではあるまいか。

それでなくては、まだ、うら若い身の卒業論文に、あのようなことを書けるわけもないし、書いたとしても、卒業後の実践が、ただちにできるものではない。

入院してからも、血圧の高いお母さんの看病疲れに気をつかうばかりで、姉の信子さんが交替して看病にまわるときは、

「……私の泊まる夜は、本当に嬉しそうに安心しきって……」

と、これは、信子さんの手紙にしたためてある。

ここまで書きのべてきて、珠恵さんという女人には、その星が二黒土星であろうが何であろうが、あまり関係のないことのようにおもわれもする。

しかし、去年の二黒暗剣殺という恐ろしい一年をかえりみるとき、この星の暗剣殺が、他の星にくらべると、層倍の恐ろしさをふくんでいることに気づく。

何故ならば、二黒暗剣殺の年には、定位《じょうい》といって永久不変の二黒の座へ〔五黄殺《ごおうさつ》〕という破壊の星が入って来るからだ。

このような例は、九星の他の星にはないことである。

私が研究している気学は、なまぐさい人間の生態にみちている。

自分の星を、

「生かしきる……」

ということが、いかに困難であるかを、はっきり指摘されてしまうからだ。

私の本命星は、六白金星であって、その象意には、天、父、充実、完全、大統領、君子、聖人、太陽、晴天などがあるかとおもえば、戦争、闘争、暴風雨、逆上などの〔悪〕をも合わせもっている。

何も知らずに六十年の人生を歩んで来たが、若いころの自分を振り返ってみると、この星の〔良〕が少しも生きていない。ほとんど〔悪〕ばかりだ。

若い者がこれでは、なかなか、おもうように世の中へ出て行けるわけのものではない。

だが、ともかくも戦後の私は、文筆の道を一筋に生きて来たので、辛うじて、今日があるのだ。

六白の星の運がひらけてくるのは、まことに遅い。すなわち晩年運であって、四十をこえなければ運がひらけて来ない。

このところも、気学は、実によく指摘している。

若いうちは、六白という星が重すぎて、自分で自分をもてあましてしまうところがある。

私は、珠恵さんのお父さんの生年月日を知らないが、おそらく、明治三十七年か三十八年生まれではないだろうか……。

お母さんのほうは、七十歳になられたというから、大正三年、五黄の星か大正二年、六白の星ではないかと思う。

この御両親の星が的中していれば、珠恵さんが御両親を助けての生涯を終えたことが、私の気学の上で、

「なっとくが行く……」

ことになる。

料理屋を経営する六白か五黄の人にとって、二黒は、またとない協力の星だからだ。

さて……。

今年は、九紫の星が暗剣殺に入る。九紫の人びとは何につけて、気をつけるにこしたことはない。

去年の二黒の暗剣殺とは、象意もちがってくるが、先ず健康、ついで新規の事態へ足を踏み入れず、おだやかに一年を送ってほしいとおもう。

前後三回にわたって、高松市の料理屋〔高はし〕の高橋珠恵さんのことを書きつらねたのは、この御一家がしめす家族や親族というもののあり方が、いまの日本には稀《き》薄《はく》になるばかりで、その歪《ひず》みの恐ろしさに、おもい至ったからである。

弁当（A）

むかし、小学生だったころの私は勉強が大きらいだった。けれども、冬の学校だけは大好きだった。

なんとなれば、冬になると、教室にスチームが入るからだ。家庭では火鉢と小さな炬燵だけの暖房が当然のものだった当時にあって、蒸気によるスチーム暖房のあたたかさは、子供の私たちを、夢心地にさせてくれた。

それに、冬ともなれば、

「あたたかい弁当が食べられる……」

という期待に、秋ごろから、私たちは胸をふくらませている。

すなわち、昼食の一時間ほど前に、アルミニウムの弁当箱の御飯の下へ水を入れ、これをスチームの上に乗せておくと、昼休みに、ちょうど御飯が熱くなってくる。その旨さは格別のものだった。日に一度は炊きたての御飯を食べてはいても、熱い弁当を食べられるたのしみは何ともいえない。

しかし、こうなると、御飯の間に焼き海苔をはさんだ、いわゆる〔海苔弁〕というやつは困る。御飯が蒸れるのと同時に、せっかくの海苔まで蒸れてしまうからだ。

そのころ、大森海岸でとれる海苔の旨さは子供ごころにも忘れかねている。その、黒ぐろと光った厚い焼き海苔が醤油を吸ったときの味わいはたまらないもので、親たちも〔海苔弁〕なら簡単なものだから、弁当ごしらえに面倒なときは、ほとんどこれにしてしまう。だが、冬は困る。

冬になると、母に、

「ほかの御菜《おかず》にしておくれよ」

と、たのんでは、

「ぜいたくをいうんじゃない！」

叱りつけられたものだ。

ともかくも、スチームで蒸しあげる弁当の場合、御菜を飯と一緒にしてはならない。

そこで私は御菜入れのアルミニウムの箱を自分の小遣いで買って来て、

「御菜は、ここへ入れてくれ」

と、母にいった。

母は、月に一度ほど〔カツ弁当〕というのを持たせてくれた。デパートで売っている一口カツを二つに切り、タマネギと卵で綴《と》じたものを御飯の上へのせる。カツ丼の弁当版なのだが、私の家では、カツレツとタマネギを煮るとき、ウスター・ソースで煮る。少し水を加え、ほんの少し砂糖を加えたソースの出汁《だし》にする。いまでもそうしている。

冬になって、これだけは別の御菜入れに入れてもらい、熱いスチーム御飯と一緒に食べるときは、

（天にも昇る……）

気分がしたものだ。

ふだん、家で食べても、さして旨くはおもえないようなものでも、弁当になると、はなしは別である。弁当には、大なり小なり、家庭の女の心がこもっている。それを家庭以外の場所で食べるという刺激が、胃の腑《ふ》を躍動させる。

戦争中、海軍にいたとき、射撃の訓練や演習で外へ出る場合は、むろんのことに弁当を携帯する。

こうした場合には、烹炊所《ほうすいじょ》も心得たもので、こってりと煮込んだ御菜をつけてくる。

鶏の挽《ひ》き肉の団子とタマネギを甘辛く煮こんだり、ジャガイモと牛肉を煮合わせたりしたものが御菜になっていて、はげしくうごきまわった後だけに、たとえようもなく旨い。

それを、私たちはゆっくり、ゆっくり嚙みしめながら食べたものだ。早く食べてしまうと食べた気がしない。いくら弁当箱が大きくとも、兵隊たちにとって、大きすぎることはないのだ。

ゆっくり、ゆっくり食べ終わると、兵隊たちは、むかし、学校へ持って行った弁当のはなしをはじめる。

北海道から来た兵隊が、烏賊飯《いかめし》の弁当について、微細に語ったときには、ほんとうに、聞いている私たちの口からよだれがながれ出たものだった。

これは何度も語ったことだが、海軍へ入った第一日目の夕飯に、サツマイモと魚を蒸気釜で一緒に煮たものを出されたときには、

(これから、こんなものを毎日、食べさせられるのか……)

その生臭さに辟易《へきえき》していると、教班長がニヤリとして、

「お前たち、そんな、まずそうな顔をしているが、あと五日もすれば、飛びつくようにしてむさぼり食うことになるんだぞ」

と、いった。

まさに、そのとおりで、五日どころか二日後には、激しい訓練の後の、空き切った腹の中へは、どんなものでもやすやすと入ってしまった。なんでも旨く食べるには、空腹にかぎるのだ。

いずれにせよ、軍隊の食事の御菜はこんなもので、香の物はタクアンか大根が二片か三片である。

したがって、若い肉体は新鮮な野菜を要求してやまない。

これは新兵教育を終え、それぞれの部署へ配属になってからわかったことだが、海軍では伝手《つて》をもとめて、食事以外の食物を烹炊所から手に入れる。同年兵が主計課にいれば、なおさらに便利だ。

こうしたとき、私たちは、先ず野菜にあこがれる。

タマネギをもらって来て、薄く輪切りにしたものを味噌と合わせ、よく掻きまぜて温飯と共に食べる旨さは、牛肉のスキヤキどころではなかった。

または、茄子やタマネギの薄切りを醤油に浸しておいて食べる。

これはやはり、味覚というよりも躰が要求するのだろう。

新兵教育を終え、その後、いろいろな体験を得た私は、横須賀・海兵団の浪人部隊へ入ったが、そのころ、ちょうど連合の演習がおこなわれ、私たち浪人水兵も、これに参加したことがある。

海兵団には、私と同期の主計兵が烹炊所にいて、明日は演習へ出発という前の日にやって来て、

「何か、食べたいものいえよ。牛缶でも持って行くか?」

と、いってくれた。

「いや、牛缶よりも、タマネギと味噌がいいよ」

彼は、すぐわかって、小さな容器へタマネギの薄切りと味噌を入れ、持って来てくれた。

その演習のときの弁当の御菜が何か、すっかり忘れてしまったが、タマネギと味噌の味だけは忘れない。そこは烹炊所の兵隊だけあって、味噌も徒《ただ》の味噌ではなかったのである。

弁当（B）

列車の旅でも、私は車内の食堂へは、めったに入らない。そこで駅弁を買うわけだが、駅弁もまた、まずくなったのは、だれもが知っている。

例外はあるのだろうが、いまの駅弁は機械がつくっている。ゆえに、あまりゴチャゴチャと入っていないものがよい。たとえば、高崎駅のとりめし弁当のようなものは、むかしとあまり変わらぬ味だ。

種々の幕の内弁当の堕落《だらく》には、目を被いたくなる。

むかしの〔汽車〕では、適当なスピードによって、私たちに〔旅〕をたのしませてくれた。そのうちに列車が電化されて、窓からながれ込む煤煙《ばいえん》が消えたのには大助かりだったが、しだいにスピードが速くなり、いまはプラットホームへ降りて、弁当なぞ買っていたりすると列車が出てしまうし、新幹線ができてからは、弁当をたのしむ間もなく目的地へ着いてしまう。

私が、芝居の脚本と演出で暮らしていたとき、大阪や京都、名古屋へ出向いて仕事をすることが多かった。当時、東京から名古屋までは特急で約五時間。大阪までは七時間ほどではなかったろうか。

そのころ、京都から帰京する日に、三条小橋・東詰の〔松鮨〕へ立ち寄り、昼下がりのひとときをすごしてから、いまは亡き先代の主人がこしらえてくれた独特の〔ちらし〕を木箱へ入れてもらい、夕方からの列車に乗る。

車窓に琵琶湖が見えるようになってから、おもむろに木箱の蓋をとり、ちらしの上にのった美しい新鮮な魚介でビールをのみ、具のまじった飯を食べる。

〔松鮨〕のちらしは、現二代目になってからも健在だから、京都からの新幹線では、いまも利用しているし、ときにはホテルへ持ち帰り、夜食にもする。

それから、京都のコーヒー店の老舗として名高い〔イノダ〕のサンドイッチもよい。ロースト・ビーフ、野菜、ハム、カツレツ、その他のサンドイッチを弁当にして列車へ乗り込み、冷えた缶ビールと共に味わうたのしみは、いまでも可能だ。

むかし、私は小さな魔法瓶を旅へ持って行った。当時、これは何かにつけて便利に使用できた。

旅館の旨い茶をいれて列車に乗れば、あのまずい茶を買わなくてもすむ。

その魔法瓶へ〔イノダ〕のコーヒーをつめてもらったわけだが、いまは携帯用の陶器ポット入りのコーヒーを売っているそうな。今度、京都へ行ったら、ぜひ、こころみたいとおもっている。

芝居に関係していたころ、大阪での私の定宿は、道頓堀に近い玉屋町の〔大宝ホテル〕という小ぢんまりと清潔な旅館だった。

当時の大阪のたのしさ、よさは、いまもって忘れがたい。

ところで、当時、法善寺横丁の近くの路上に〔K〕という焼き鳥の屋台店が出ていた。

夕方になって、店を出すや否やに飛び込まぬと、つぎからつぎへ客がつめかけて来て、食べそこなってしまう。それほどに評判の屋台店だった。

あるじは見るからに魁偉《かいい》な風貌で、いつも苦虫を噛みつぶしたような顔つきをして、黙念と鳥を焼く。これを手つだうおかみさんも、笑顔ひとつ見せず鳥へ串を打ち、酒の仕度をする。

それでいて、この店は客が絶えなかった。それほどにすばらしい焼き鳥で、ときに、小さな茄子の漬物が出るのだが、これがまた旨い。

あまりに旨いので、おかわりをして、

「もう一つ」

といったら、おやじが、

「もうあきまへん」

じろりと、にらんだ。

あるとき、明朝の帰京をひかえた前夜に、私は、

(Kの焼き鳥を、何とか明日の弁当に持って行きたいものだ)

おもいたったが、むずかしい。

冷えた焼き鳥を食べるというのでは、おやじが承知をすまい。

ともかくも夕方になって飛んで行き、焼き鳥で酒をのみながら、いろいろと考えた末に、

「ねえ。ぼくの父がね、ここの焼き鳥が大好きで、食べたがっているんだ」

「そんなら、此処へ来たらよろし」

と、おやじの返事は鰾膠《にべ》もない。

「ところが、父は病気なんだよ」

「へ……」

おやじの眼の色が、ちょっと変わったので、

「だから、ねえ、たのむよ。これからすぐに病院へ行って、冷めないうちに食べさせるから、ぜひともたのむ。こんなときでないと、親孝行ができねえんだよ」

「親孝行……」

いいさして、おやじは、じろりと私を見た。

「さよう、そのとおり」

「よろし！」

おやじは強くうなずき、承知をしてくれた。

その焼き鳥を大宝ホテルへ持ち帰り、女中のムッちゃんにたのんで大切に保存させてから、また外へ出た私は、道頓堀の〔さの半〕で〔赤てん〕を買った。

〔さの半〕は百年もつづいた蒲鉾《かまぼこ》屋だ。

〔赤てん〕は東京でいう〔さつま揚げ〕のことだが、この店のは、はも、ぐち、にべなどの魚を練り込んだ逸品で、むろんのことにデパートなどへは店を出さぬ。

〔赤てん〕は、家へのみやげに買ったのだが、その中の五つほどを女中に甘辛く煮てもらい、焼き鳥と共に容器へつめてもらった。

御飯と香の物と、魔法瓶の茶は、いつものように宿でしてくれた。

翌朝、列車に乗って、名古屋へさしかかるころに件《くだん》の弁当をひろげた。

〔さの半〕の赤てんで、先ず酒をのむ。

それから、ゆっくりと焼き鳥を口へ運んだ。〔K〕の焼き鳥は冷めているにしろ、びくともしなかった。

大満足で二本、三本と食べすすむうちに、なんだか私は後ろめたいおもいがしてくるのを、どうすることもできなかった。

あれほど、自分の焼き鳥に打ち込んでいる〔K〕のおやじに、嘘をついたからである。

(すまなかったね)

胸の内でいいながら、私は四本目の焼き鳥を手に取ったのである。

鰈と骨湯

パリ在住のMさんは、私の小説を愛読してくれているが、その御主人のKさんが公用で帰国されたので、はじめて、お目にかかり、夕飯を共にした。

「このごろは、パリでも、日本の食べものに困らないようになりましたか？」

私が問うと、

「ええ、まあまあですが、やはり、ねえ……」

「日本の、どんなものを、口にしたいとおもわれますか？」

言下にKさんは、

「これです。これなんですよ」

と、刺し身の具《つま》に添えられている穂紫蘇《ほじそ》や、新鮮な茗荷《みょうが》を箸でつまみあげて見せた。

そこで、私は、親しくしている外神田の小体《こてい》な料理屋〔花ぶさ〕のおかみさんに、新鮮な具を用意してもらい、Kさんの帰国の前夜に、ホテルへ届けることにした。

当日、私は若い友人と共に〔花ぶさ〕へ行き、酒飯をした。

二、三年前まで、この店の調理主任をしていた今村君は、

「少し、外の仕事を見て来たいのです」

申し出て、今は他の店へ移り、そのかわりに大山光紀が入って、主任をつとめている。

またしても気学のはなしになるが、誠実な大山君は、一昨年、去年と衰運の底にあった所為か、責任のある場所へ坐って、いろいろと悩んだようだが、いよいよ今年の春から盛運を迎え、出す料理の盛りつけにも、その明るい気分が出てきたようにおもわれる。

青柳とサヨリの黄味酢。

マグロの饅《ぬた》。

鶏とネギの吸い物。

いろいろと食べたが、鰈《かれい》があるというので、友人は塩焼きにしてもらい、私もそうしようとおもったが、そのとき突然に、私の脳裡へ母方の亡き曽祖母の顔が浮かんできた。

曽祖母は、私が小学校の三年生になった夏に老衰で死んだ。

子供のころから暴れまわってばかりいて、憎まれ小僧だった私を、もっとも可愛がってくれたのは、この曽祖母だった。

曽祖母は、名を浜《はま》といい、若いころは、大名（松平遠江守）屋敷で奥女中をつとめ、殿さまの〔お袴たたみ〕をしていたそうな。

浜は、徳川の御家人の今井義教と夫婦になったが、明治維新後の徳川方の落魄《らくはく》ぶりについてはいうをまたぬ。

この曽祖父母には子が生まれなかったので、下総・松平家の江戸家老の三男に生まれた教三を養子に迎えた。

これが、私の母の父ということになる。

「世が世ならば、お前さんのお祖父さんは、腰に二本差していたのだよ」

などと、曽祖母は私にいった。

子供の私には、何が何だかわからなかった。

私が知っている祖父の教三は、腕のよい錺《かざり》職人だったからである。

徳川の天下ならば、家老の三男が職人に落ちぶれることもなかったのに……と、曽祖母は言いたかったのだろう。

曽祖母は、私が軽い病気にでもなると、かならず、お粥《かゆ》をつくり、鰈のような白身の魚を甘辛く煮て食べさせた。

子供のころの私は、魚よりも肉のほうだったが、白身の魚の煮たものは、どういうわけか好きだったらしい。

食べ終わると、曽祖母は皿に残った骨や皮を煮汁ごと茶わんへあけ、これへ熱湯をそそいで、

「ほら、ソップだよ。滋養になるからおのみ」

と、いう。

「ソップ」すなわち「スープ」のことなんだろう。

魚の皮や骨へ熱湯をそそいでのむ。これを「骨湯《こつゆ》」という。

その言葉を知らない曽祖母ではなかったろうが、いつも「魚のソップ」といっていた。

〔花ぶさ〕で、鰈の煮たので御飯を食べ終えた私が、皮と骨を茶わんへ入れるのを見て、商社につとめている若い友人が、

「お宅の猫ちゃんにでも、持って行くんですか?」

ふしぎそうにいった。

「いや、猫のお父つぁんがのむんだ」

「……？」

私が熱湯を茶わんにそそいでもらうのを、まだ三十にもならない友人は、目をまるくしてながめている。

「君は、こういうの、やったことないかい？」

「ありません」

骨湯をのみ、中の皮や骨をしゃぶる私に、

「そんなの、旨いですか？」

「ぼくには旨いよ」

やがて、私たちは帰途についた。

Kさんに持って行ってもらう刺し身の具やワサビ、海髪《おご》などを入れた箱をホテルのフロントへあずけてから、私は友人と別れ、帰宅した。

例によって、明け方まで仕事をしてからベッドへ入り、夢を見た。

夢は毎夜のごとく見るが、この日は曽祖母が夢の中にあらわれた。

曽祖母と私が、蕎麦屋にいる。

なんと、この蕎麦屋が、私の小学校の同級生・山城一之助の家なのだ。

山城君が子供のころ、御両親は下谷の竹町で〔万盛庵〕という蕎麦屋を経営しておられ、曽祖母は銭湯の帰りに、よく私を連れて行ってくれた。

夢の中の蕎麦屋が〔万盛庵〕だという証拠に、子供の山城君が店の片隅に立ち、ケン玉で遊んでいるではないか。

蕎麦が二つ、運ばれて来た。

曽祖母は、天ぷら蕎麦だ。

私のは、蕎麦の上に鰈の煮たのがのっている。

「大きいおばあちゃん。ソバの上にカレイがのってるヨ」

私がいうと、曽祖母は、

「おあがり。滋養があるんだよ。そのオソバは。かい、カレイ南ばんだからね」

と、いう。

夢のことだし、あとのことは、よくおぼえていない。

翌日の夕暮れとなって……。

例のごとく、家人が、

「今日の御飯、何にしましょう?」

と、書斎にあらわれたのへ、

「蕎麦のカケの上へ、鰈の煮たのをのせて食べたら、旨いかね？」

家人は眉を顰《しか》めて、こういった。

「そんなの、猫だって食べませんよ」

鼠の糞

私の短篇小説に〔鼠《ねずみ》の糞《ふん》〕というのがある。

両親に死なれた少女の姉妹が、別れ別れになる。十六歳の姉は京都の針問屋へ……十三歳の妹は、丹波・亀山の藩士・永山某の屋敷へ、それぞれ下女奉公に出る。

永山は四十をすぎても、まだ独身で、藩の剣術指南役をつとめているが、異常性格者で、十三の下女に対して、筆舌につくしがたい凌辱《りょうじょく》を加える。

封建時代においては、こういう境遇の少女にとって、抵抗するすべがない。

主人の永山を憎悪するあまり、この下女は、せめてもの腹いせに、鼠の糞を汁の中へ入れて食膳に出すようになる。少女の、精一杯の反抗だ。

これがわかって、下女は永山に斬り殺されてしまう。いわゆる〔無礼打ち〕ということだから、永山には何の咎《とが》めもない。

一方、姉のほうは手討《てう》ちになった妹が、

（なぜ、そのようなことをしたのだろうか？）

長い間、わからなかったが、やがて真相を知る。

姉は主家を出て、心貫流《しんぬき》の剣客の道場へ、下女（兼）内弟子となって住み込む。妹の敵《かたき》・永山を討たんがためだ。

この素材は、むかし、本当にあったことからヒントを得て書いたものだが、書き終えたときは、まったく、別のはなしになってしまった。

結局、姉は妹の敵を討てぬままに幸福を得る。敵の永山は亀山藩を浪人し、江戸へ出て来てから、姉妹の事情を知っていた別の男によって討たれることになる。

ま、いずれにせよ、これは現代に通用するはなしではない……と、おもっていた。

ところが、現代にも、このようなはなしがあることを、近ごろ知った。

現代でも、女が男の食べものの中へ、鼠の糞を密かに投入するというのだ。

もっとも、同じ腹いせでも、あの十三歳のあわれな少女の、むりからぬ腹いせではない。

近ごろの、中年夫婦の離婚の流行について、くだくだしく書きのべるまでもあるまいが、その方面にくわしい友人のはなしによると、妻が主張する離婚の原因が、

「よく、わからない」

と、いう。

長年、共に暮らして来た夫の顔を、

「たとえ一日でも見ていることに、耐えられなくなってきた」

夫婦の生活に飽きたというよりも、その言葉には、

「異常な憎しみがこめられている」

と、友人は語った。

近年は、夫に引退の期《とき》が来て、退職金をもらった途端に、

「あなた。離婚して、おたがいに新しい道を歩みましょう」

いきなり、古女房から宣告され、亭主は茫然《ぼうぜん》となって、声もないというのが流行している。人間男女の、家庭生活における愛憎の念は、歳月を経るにつれ、はかり知れぬものに変転して行く。

生と死が表裏一体であるのと同じに、愛と憎しみも表裏一体なのだ。

ことに、女の憎悪の念は、自分ひとりで長い間、これを抑えてきた場合、自分でも想ってもみなかった異常の形態をとって爆発する。

むかしの人びとが暮らしていたときのような、人間のみにゆるされた生活の情緒が消え、あらゆるものが……町や村の景観さえも、即物的になってしまった現代では、

人間の感情も即物的にならざるを得ない。

「ああ、いそがしい。今夜も遅くなるだろう。また会議でね」

あわただしく、朝の食卓についた中年の夫が、そういうと、

「あら、今夜も……大変ですわねえ」

いいながら、妻は、夫がのむ味噌汁の中へ、素早く下剤を落とし込む。

「まさか、君……」

私がおどろくと、友人は、

「こんなのぐらいにおどろいていたら、いまは、どうしようもありませんよ。もっともっと、凄《すご》いはなしが、いくらでもあるんですから」

と、いうではないか。

味噌汁と一緒に下剤をのまされたとも知らず、夫は出社するや否やに、激しい下痢に襲われる。

ぐったりとして、早目に帰り、

「ひどい下痢だ。どうしたんだろう。会議にも出られなかったよ」

妻にいうと、

「きっと疲れたのよ。さ、早く、おやすみなさい」

やさしく介抱して、夫をベッドへ寝かせるのだが、腹の中では、

（ああ、ほんとに、いい気味）

陰険なよろこびに浸《ひた》るというのだ。

この後の、夫を介抱する妻のはなしが、さらに凄いのだが、もう紙数が尽きそうなので、現代版〈鼠の糞〉の件《くだり》に、はなしを移そう。

めずらしく、ほんとうにめずらしく、雨の日曜日に中年の夫は家にいて、子供たちと遊んでいる。雨だから、つきあいのゴルフへも行かれないのだ。

やがて、夕飯となる。

「あなた。今日は、ビーフ・シチューよ」

と、妻がいう。

「あ、そう」

別に、興味もなさそうな声で、夫が生返事をする。

みんながテーブルにつく。

妻は、夫のビーフ・シチューの皿の中へ、細かく砕いた妙なものを素早く落とし込む。

これぞ、前々から用意しておいた鼠の糞なのだ。

ビーフ・シチューの中へ入ってしまっては、肉や野菜やソースの中へ混じり込み、何が何だかわからなくなってしまう。

「あなた、どう?」

「え……?」

「ビーフ・シチュー、おいしい?」

と、妻が笑いかける。

その口元は笑っていても、両眼は冷ややかに、夫を見つめている。

「あ……うまいよ」

「ほんとう?」

「ああ、ほんとうだ」

夫は、無感動にこたえ、ビーフ・シチューを食べつづける。

「そのとき、妻君はですね……」

と、友人が、

「腹の中で、ざまあ見ろと、叫んでいるんですって」

「ふうん……」

「こんなの、いま普通らしいですよ」

「鼠の糞は、下痢を起こさないかね？」

「起こさないんですって」

「どうして知っている？」

「その妻君が、そういってました。だから何度でもやってやるって……」

某月某日（A）

「ええと……十八枚目の、はじめから七行目のところですが……」

昼すぎに、小説新潮・編集部の初見国興君から電話があった。原稿の照校である。

私は、おもわず、

「君をね、役者にしたいよ」

と、いってしまった。

低い低い声で、すらすらとはなす初見君の言語の明晰なこと、その声音のよさは何ともいえない。

近年の私は、芝居を観ても若い役者（ことに新劇）のいうことが、声はきこえても言語として通じないし、電話の、ことに若い女の声なども同様であって、

（いよいよ、おれも耳がダメになったか……）

暗然となることもあったが、初見君の声ならば隅から隅まで、低い声が一語も洩ら

さずに耳へとどく。

(やはり、おれの耳は悪くなっていないのだ)

彼は数カ月前から、私を担当するようになり、ひいては、たびたび電話もかかるというわけで、それからは自分の耳に自信をもつことができるようになった。

言語の乱れがひどいとか、国語が妙なものになったとか……そのようなことよりも、これはあきらかに、時代が大きく変わりつつあることをしめしているようにおもわれる。

顔貌もそうだが、若い人びとの声に個性が消え、だれもが同じような声、同じように単調なイントネーションとアクセントになってしまい、ときには全くわからないので、電話の女に、

「そこに、三十以上の男の人がいるかね。いたら、かわっておくれ」

と、たのむ始末なのだ。

私の年代には、若い人の日本語が通用しなくなったかわりに、英語やフランス語の氾濫《はんらん》は凄《すさ》まじいばかりで、若者向きの雑誌の誌名などから、ほとんど国語が消えてしまっているのは、だれもが知っていよう。

この連載の〔二黒土星〕の章で書いた故高橋珠恵さんのお母さん・朝子さんが、私

に手紙をよこし、

「いままでは、珠恵という生字引のおかげで不自由を感じませんでしたが、新聞でもテレビでも雑誌でも、やたら外来語が多いので、先日、外来語辞典を買って来て重《ちょう》宝《ほう》しております」

と、書いておられる。

新開店のレストランの案内状なども同様であって、肝心の店名だけはローマ字の英語かフランス語だから、私にはさっぱりわからぬ。読めない。

そのくせ、案内の文面だけは日本語になっていて、食味評論家とやらに星を三つもらいましたなどと、浮かれているのだ。

その文面の中でも、店名はローマ字である。実に、ふしぎなことをするものではないか。

今日は、午後からヘラルドの試写室へ出かけて、日本ではなじみが薄かったが、俊英のほまれ高いエットーレ・スコラ監督の〔パッション・ダモーレ〕を観る。

十九世紀末のイタリア守備隊を背景に異色の恋を描いたものだが、この映画では、守備隊長・官舎の食堂を中心にしたドラマ展開が重いポジションをしめている。

したがって、朝食、夕飯におけるパン、ハム、スープ、バター、肉、野菜などの食べものが、いかにもみずみずしく、頻繁《ひんぱん》に登場する。

食事しながらの演技というものは、舞台、映画を問わず、いろいろにむずかしいものなのだが、この映画の食事シーンはドラマ展開の上で重要な役目をつとめているから、少しも邪魔にならぬ。また、マッシモ・ジロッティ、ジャン＝ルイ・トランティニャン、ベルナール・ブリエなど老練の役者ぞろいだから、食事の場面が生彩をはなつわけだ。

イタリアの風土と歴史からでなくては生まれない映画だった。

今日は、家を出るときから、夕飯を何処にするかを決めていたので、迷うことなく銀座へ出て、書店へ寄り、リンゼイ・アンダースン著〔ジョン・フォードを読む〕を買ってから、まっすぐに神田・須田町の蕎麦屋〔まつや〕へ向かう。

粒ウニと海老の天ぷらでビールをのんでいると、折しも予約の〔太打ちそば〕を打っているところで、

「いかがですか？」

すすめられたので、むろんのことにたのむ。久しぶりで、この店の太打ちを食べた。

「予約さえしていただければ、いつでも打ちます」

とのことだ。

ここの太打ちは、漫《すず》ろに江戸のころのそばを偲ばせるものがある。

〔まつや〕を出て、ぶらぶら歩きをしながら、駿河台下へ出る。

ここに〔古瀬戸珈琲店〕という店があって、なかなか旨いコーヒーをのませる。

このあたりでは山の上ホテルのコーヒー・パーラー〔ヒルトップ〕と、この店のコーヒーが私には、もっとも旨い。今夜も旨かったので、ブレンドの後でモカをのみ、粉を買って帰る。

ベッドで二時間ほど仮眠し、週刊誌へ連載中の、自分の小説の挿画を描く。挿画を描く段取りだけは慣れてきたが、時代小説の挿画だけに凝って描いたらキリがない。

一回分の二枚を描いたところで、俳優の真田健一郎が電話をかけてきた。

真田は長らく新国劇にいた俳優だが、当時は藤森健之と名乗っていた。いまは劇団を出ている。

このたび、新国劇が浅草公会堂で公演するにあたり、彼は客演し、恩師・辰巳柳太郎の国定忠治に対して、山形屋藤造の大役を演じることになった。その稽古を終え、自宅へ帰ってから、私に電話をかけたのである。

「黒川さんが、倒れました」

いきなり、真田健一郎がいったので、私はびっくりして、

「稽古中にか？」

「そうです。脳内出血らしいのです」

「ほんとうか……」

後の言葉が、つづかなかった。

むかし、新国劇で、若き日の辰巳柳太郎の弟子だった黒川弥太郎が映画へ転じてからのことは、だれもが知っていよう。今度も客演して、師の辰巳をたすけることになっていたのである。

「黒川さんは、たしか、日光の円蔵を演《や》っていたのだな？」

「そうです。こんなことってあるもんでしょうか……」

と、真田は声をつまらせた。

某月某日（B）

昼ごろに目ざめ、コーヒー二杯にとどめ、午後二時に家を出る。日本橋のTデパートの四階食堂に、麻布の〔野田岩〕が出ていて、鰻を食べるときは、まことに便利だ。空腹にしておいたから尚更に旨い。

いま、新宿の仮設劇場で評判の〔キャッツ〕のレコード（ロンドン上演のとブロードウエイ上演の二種）を買ってから地下鉄で浅草へ向かう。今日は、新国劇の浅草公会堂・初日である。

私は、かつて、戦後の全盛期における新国劇で脚本と演出の仕事を約七年つづけてきた。それだけに、いまや衰えてなお、必死に劇団を存続させている新国劇の公演へ出かけると、まるで我が家へ帰ったような気分になってくる。また、家族同様だった劇団だけに、愛憎の念も強く烈《はげ》しい。

今度の公演で、久しぶりの新国劇へ参加した真田健一郎は〔一本刀土俵入り〕で波

一里の儀十と〔国定忠治〕で山形屋藤造をつとめることになり、数カ月前に、忠治を演《や》る辰巳柳太郎から、

「お前が、山形屋藤造を演れ」

といわれ、びっくりして、私のところへ、

「ぼくに演れるでしょうか？」

と、電話をかけてきた。

「演れるよ。演るがいいよ」

私は、そうこたえた。それというのも、真田は〔藤森健之〕を名乗って劇団にいたころ、先行き、きっと伸びるとおもい、手塩にかけて育ててきて、彼がちからをつけるにしたがい、相当の重い役を演じさせてきたから、私には、彼が山形屋を演れるという自信があったのだ。

行友李風《ゆきともりふう》作〔国定忠治〕は、創始者・故沢田正二郎以来の、新国劇の古典ともいうべき出し物である。私も、高木繁・石山健二郎・郡司八郎など、いずれも劇団の大ベテランが演じた山形屋藤造を観てきている。真田健一郎が尻ごみをしたのもむりはない。

いよいよ〔山形屋〕の場が開き、真田の山形屋藤造が舞台にあらわれた。

おもったより以上によい。安心をする。

ハネる前に出て、並木の〔藪そば〕へ行き、天ぷらそばで酒をのみ、その後でせいろにする。

夜ふけに、真田から電話があった。

「どうでしたでしょうか？」

「いいよ。演れるじゃあないか」

「不安です」

「よかったが、気がついたこともあるから……」

と、山形屋の扮装《ふんそう》、着つけと、セリフについて注意する。

「はあ、わかりました」

真田は、このごろカンもよくなり、注意したことを、すぐにのみこんでくれるようになった。

「黒川さんのぐあいはどうだ？」

「まだ、意識不明だそうです」

「入った病院は、とてもいい病院だから、万全の手当てをしてくれるだろうがね」

稽古中に、これも客演の黒川弥太郎が倒れたので、真田は〔国定忠治〕で黒川が演ることになっていた八州取締役・中山清一郎を代演している。

　劇団の研究生から青年部になったころの真田健一郎は、とても一人前の役者になれそうもない若者だった。

　そのうちに、私は小説の世界へ転じ、劇団と別れてしまったのだが、あるとき、勝新太郎が〔人斬り以蔵〕を演じた映画を観ていると、刺客の一人に扮して、真田がスクリーンへあらわれた。

　むろんのことにセリフは一つもない。剣技を得意とする劇団から何人か出演した中へ、まじっていたにすぎない。ところが、そのときの真田の顔がよかった。わずか一ショットだったが迫真のアップがあったのだ。

　その後、ふたたび、劇団の仕事をすることにもなったので、真田に役をつけはじめたわけだが、当時は、まさかに彼が、山形屋藤造の大役を演じようとは夢にも想わなかったことだ。彼も同じだろう。

　それにしても、辰巳柳太郎という優《ひと》は弟子にめぐまれている。古くは黒川弥太郎、大友柳太朗。近くは大山勝巳、緒形拳。真田健一郎もまた辰巳の書生だった。

　一日置いて、私は、また浅草公会堂へ出向いた。真田の山形屋藤造が、どのように変化したかを観るためでもあるし、私がダメを出したことゆえ、自分の勉強のためでもある。

果たして、初日にくらべると、真田は格段によくなってきたので安心をした。

昼ノ部が終わって廊下へあらわれた彼と近くの〔アンジェラス〕へ行き、カツライスを食べる。真田はポーク・ソテーにした。

また少し、ダメを出す。

衣装、着つけについても、

「直せたら、直してごらん」

と、いっておく。

山形屋藤造は、信州・権堂の顔役で、女郎屋のあるじでもあり、身売りした娘の金を持って、とぼとぼと故郷へ帰って行く百姓の老爺《ろうや》を、自分の配下を盗人にして先まわりさせ、娘の身代金を奪い取るという悪漢だ。これを、通りかかった国定忠治が、さんざんに懲《こ》らしめ、百姓の父娘へ身代金を取り返してやる。山形屋は配下数名をひきいて、半郷の小松原に忠治を待ち伏せ、一斉《いっせい》に襲いかかる。

国定忠治は、あっという間に山形屋一味を斬り倒し、花道を引っ込むわけだが、七十をこえた辰巳柳太郎の、今度の殺陣《たて》は異常なほど、気合が入っているのにおどろく。

つづいて、国定村へ帰った忠治が業病にかかり、身うごきもできなくなって捕らえられる〔土蔵〕のシーン。ここの辰巳もよかった。二人の子分が捕方を相手に闘うのを見ながら、長脇差を抜こうとして、ついに抜き得ない。男の、暗い、激しい情熱がみなぎる、この大詰は、私のもっとも好きな一場である。

帰って、空腹なので、久しぶりに夜食に、自分で〔どんどん焼き〕をつくる。挽き肉、キャベツ、卵のほかに今夜はうどんをつかってみた。うどんをつかったのは初めてだが、なかなか旨い。

焼きながら、ワインをやっていると、もっと何か食べたくなり、

「やきそばの仕度をしろ」

と、いうや、家人が顔を顰めて、

「大丈夫ですか?」

「何が?」

「そんなに食べて……」

「お前が腹をこわすわけじゃあない」

やきそばを炒《いた》め、今夜はぜいたくをして、コンソメ・スープの缶詰を開け、そばにかけまわす。旨い。

書斎へ入って、さすがに、

（食べすぎた……）

と感じ、太田胃散をたっぷりと服用する。

元禄忠臣蔵

今日は早く目ざめ、少し仕事をし、昼近くなってからハムとタマネギ、卵の炒飯を食べる。

以前は具と卵を別に炒め、御飯へまぜていたのだが、

「御飯と具を炒めながら、卵を少しずつ、たらしこむようにしてまぜながら炒めると、うまくできます」

と、友人から教えられ、そのとおりにやってみると、なるほど御飯がベトつかず、うまくできるようになった。

全部、食べたかったが、夕飯のことを考え、少し残し、飼い猫のゴン太へあたえる。九匹もいる猫の中で、炒飯を食べるのはゴン太だけである。

午後から、地下鉄で京橋へ出る。

フィルム・センターで古い映画を観るのは久しぶりだ。

今日は、故溝口健二監督が昭和十七年につくった、真山青果原作の〔元禄忠臣蔵＝後篇〕を観る。私が、この映画の前篇封切を観たのは昭和十六年十二月八日の、太平洋戦争が勃発《ぼっぱつ》した当日であって、それだけに当日の、若かった私の心境と言動とが深くむすびついていてはなれない映画だ。数年前に再見し、そのすぐれた出来映えをあらためて確認したが、翌十七年に封切られた後篇は、今日まで見逃していた。

ちょうど、フィルム・センターで各社の〔忠臣蔵〕を一日ずつ上映することを知り、ぜひとも観ておく必要もあって、出向いて来たのだ。

この〔元禄忠臣蔵〕は、名戯曲とうたわれて、いまなお、上演が絶えぬ真山青果の芝居の一篇ずつをとらえたもので、後篇は御浜御殿・南部坂・泉岳寺・大石最後の日の四篇から成っている。弁舌と理論癖の強い青果の戯曲を映画化したものだけに、前篇よりは劣るが、先ず、トップ・シーンの能舞台の屋根から庭、御殿へゆっくりと移動する撮影と大オープン・セット、膨大なエキストラに瞠目《どうもく》する。いまはとても、こんなまねはできない。

日本で、それと知られた人びとが何人も時代考証にあたっただけに、セット・衣裳・鬘《かつら》など、水も洩らさぬほどに完璧であり、見事である。おもわず私が「ああ……」と、嘆息を洩らしたので、となりの老人が不審げに、こちらを見た。

元禄という時代の〔江戸文化〕が、私の胸を押しつぶさんばかりの迫力をともなって、スクリーンにみなぎっている。

それは〔忠臣蔵〕の主題を越えたものであって、むろんのことに〔時代〕を超越したものだ。

登場する俳優たちは、全盛時代の前進座一党に、まだ若々しい市川右太衛門・高峰三枝子・三浦光子などを加え、なつかしい古強者が続々とあらわれるが、その大半は物故してしまった。

浅野内匠頭の未亡人・瑤泉院《ようぜんいん》付きの老女・戸田の局が、赤穂浪士の吉田忠左衛門からの手紙によって、四十七士の吉良邸討ち入りを知る場面は、溝口監督お気に入りの故梅村蓉子が戸田の局に扮し、瑤泉院に件《くだん》の手紙を読みきかせるわけだが、女優ふたりの演技が高揚するにつれ、われ知らず熱いものが眼からふきこぼれてくるのを、どうしようもなかった。ふと見やれば、となりの老人の頰にも涙が糸を引いている。

これは、赤穂浪士の討ち入りに感動したというよりも、あらゆる緊迫の情景における人間の、ことに当時の女の気韻《きいん》と情熱が、私たちの胸を打つのである。

もっとも、演技者が下手ならどうしようもないが、ベテランの梅村蓉子がすばらしく、さらに瑤泉院に扮した三浦光子がよい。三浦光子は当時二十五、六歳であったろう。日劇ダンシング・チーム一期生だった彼女が映画へ転じてから四、五年はたっていたろうが、全く申し分のない瑤泉院であり、五万三千石の大名夫人になりきっている。いまの、この年齢の女優では、到底、瑤泉院を演じきれない。このように美しくも凛《りん》とした日本の言葉を、満足には発声できぬことになってしまった。

いまは亡き三浦光子の、美しくて響きのよい音声を耳にしているうち、

（このひとは、気学の、三碧《さんぺき》の星ではあるまいか？）

そうおもって、夜ふけに帰宅してから調べて見ると、果たして、年も月も三碧の星だった。三碧の星は音響に深い関係をもっているのだ。

外へ出て、

（さて、何処で夕飯にするか？）

迷いながら銀座へ出て買い物をすまし、先日の、外神田の〔花ぶさ〕が旨かったのを思い出し、地下鉄で末広町まで行く。

階下の椅子へかけると、調理主任の大山光紀が何も尋《き》かずに、つぎからつぎへと出してくる。

彼は、それだけ、自信が出てきたのだろう。

〇アワビのウニ和え、小鯛の昆布じめ。

○刺し身はシマアジ・鰹《かつお》に、鮃《ひらめ》のエンガワ。
○イワシのつみれ椀、マグロとワカメの饅《ぬた》。
それからアイナメの揚げたのを食べ、最後に信州味噌で味噌椀をしてもらう。トウフとネギを入れて……。

御飯を三分の一ほど残しておき、この上へ熱くて薄味のトウフの味噌汁を、だれにもわからないようにかけまわして食べた。これが私の大好物で、自分の家ならば、もっとたくさんに食べる。即席の埋豆腐《うずみどうふ》だ。

大山君の顔は、いよいよ明るくなってきた。自分の下につかう若者たちも思うようにそろってきたのかして、客の前の調理場に活気がみなぎってきた。おかみさんの佐藤雅江さんも、大山君が、このように一時の苦悩からよみがえったことを、さぞ、よろこんでいることだろう。

帰宅して、まだ酒の酔いがさめぬのでベッドへ転がり、いま新宿で大評判のミュージカル〔キャッツ〕の、ブロードウエイ版のレコードをテープに入れる。

そのテープをウォークマンで聴くうち、もう仕事をするのが面倒になり、聴き終わったところで、眠ることにする。

ところが、なかなか眠れない。

今日観た〔元禄忠臣蔵〕に登場した男女俳優の顔がつぎつぎと浮かんでは消え、また浮かんでくる。

ある大監督が、

「戦国時代の人物は、とてもすばらしい。そのすばらしさを、現代人は失ってしまった」

そういったそうな。

戦国にせよ、江戸時代にせよ、そうした、すばらしい人物を映画で描こうとしても、いまや、それを演じる俳優が消え絶えたことに、今日は、まざまざとおもい至った。

いったん失ったものは、二度と、もどっては来ないのである。

北の湖

大相撲の夏場所が開いて三日目か四日目ごろ、私は数人の人たちに、

「北の湖は今場所、優勝するかも知れないよ」

と、いった。

今場所の相撲をテレビで観たわけではないが、何となく、そのような気がしたのは、気学でいうと、たしか、彼の本命星が二黒土星だったことを思い出したからだ。

二黒土星は、これまでにものべたように、今年、来年と衰運がつづくけれども、今年の、ことに五月は、衰運の中にも、ちょっと光がさし込む。

この三、四年間の衰運の中にあって、自分の心身をうまく調節しながら、真摯《しんし》の努力をつづけて来た人は、九紫火星の暗剣殺に影響をうけつつも、その同じ九紫がもつ名誉、最高、表彰の象意を現実のものにすることも可能だ。去年の二黒土星は暗剣殺となっており、北の湖が挫折《ざせつ》つづきであったことは、だれも知っている。マスコミの

引退の声が高まる中で、彼は、みずからたのむところがあったのだろう。黙々として心身の調節をはかり、復調を目ざした。

男が逆境の中にあって、一念を凝らし、目標に向かい無言の苦しみに耐えている姿は、まことに美しい。また、その逆境をたのしむ余裕《ゆとり》がなくては、この苦闘はつづかぬものなのだ。

八日目、十日目と勝ちすすむにつれて、家人が私に、

「お父さんのいうとおりに、なるかも知れませんね」

と、いい出した。

そのころから、近ごろはテレビをはなれている私も、彼の勝負だけは観るようになった。

十三日目に、北の湖は、千代の富士と対戦して勝ち、早くも優勝を決めた。結びの一番で、同門の北天佑が横綱・隆の里を倒した瞬間に、彼の優勝が決まったわけだが、勝って土俵際へ引きあげて来る北天佑を迎えたときの、北の湖の笑顔は何ともいえなかった。

そして千秋楽に隆の里を破った北の湖は全勝優勝に輝いたわけだが、仕度部屋へ引きあげて来て、テレビのアナウンサーから、去年の苦闘について感想をもとめられる

と、

「そう……こんなときも、あるとおもって、稽古だけは絶やさなかった」

そう洩らした。

「こんなときも、あるとおもって……」

この一語に、北の湖が無意識のうちに、自分の苦闘をたのしむ余裕をもっていたことが、にじみ出ているではないか。

今年は、私の予想によると、彼が心身の調節を誤らなければ、七月の名古屋、九月の東京の両場所も、よい成績をあげることができよう。

しかし、何といっても衰運の最中《さなか》で、来年は衰運の底となるのだから、くれぐれも自重し、再来年からの盛運にそなえてもらいたい。

このごろは、夜食をやめ、ジュース一杯にとどめているので、朝昼兼帯の第一食がとても旨くなった。いまの私は完全に二食で、間食もほとんどしない。

第一食は薄切りの大きなロース・ハムを食卓の鉄鍋でステーキにする。

鍋を強く熱しておいて、バターをからめたハムをさっと焼く。ほんの一瞬、焼きすぎたら、薄切りのハム・ステーキはどうにもならない。缶詰のパイナップルをつけ合わせる。それとタマネギをたっぷり入れたポテト・サラダで、トースト二枚。赤のワインを一杯のむ。

午後、虎ノ門の20世紀フォックスの試写室で、メル・ブルックスの〔大脱走〕を観た。私は、どうもブルックスが好きではなかったが、今度はおもしろかった。第二次大戦中に故エルンスト・ルビッチがつくった映画の再映画化だから、何といっても、喜劇の骨格がしっかりしている。

前のときは、ルビッチがジャック・ベニイとキャロル・ロンバードを起用したというから、さぞ、よかったろう。

今度の監督も、うまくまとめてあったが、いかに達者でも、ルビッチのような東欧特有の〔お色気〕が出ない。

それを辛うじて出していたのは、名傍役のチャールス・ダーニングだった。ヒットラーの子分で肥大漢のゲシュタポの大佐（敵役）に、何故お色気なのか……そこがわかると、この映画のおもしろさは層倍のものとなるのである。

終わって、地下鉄で京橋へ出て、久しぶりに〔与志乃〕へ行く。

この店の鮨、清げな店のかまえ、器などのすべてが、古きよき東京の洗練をあらわしている。むかしの東京のエッセンスが〔与志乃〕の鮨に具現されているようにさえ、おもわれるときがある。

先代・二代目の父子がそろって仕事をしているが、その人柄もまた、まぎれもなく東京人《びと》のものだ。

食べものと店の好みは、人それぞれにちがう。

ただ、私が〔与志乃〕へ行くのは、私にとってなつかしい東京の香りと味に心をひかれるからで、たとえば〔与志乃〕には薄焼きの卵がある。いまは、この鮨を注文する客は、きわめて少ないから、この店でも〔ちらし〕とか、みやげ用の〔バラずし〕に使うため、用意をしておくのだろう。

しかし、私などにとっては昔ふうに薄い卵焼きをつかった鮨は、ほんとうになつかしく、また旨い。

煮烏賊《にいか》と旬《しゅん》の鮑《あわび》、鰈でビールの小びんと酒をのみ、鮨になってから最後に、

「卵を薄く焼いたので、二つばかり、にぎって……」

注文をすると、初代のあるじが、丹念に味をつけ、見るもあざやかに焼きあがった卵焼きをかぶせてにぎるとき、オボロを中にはさみながら、こちらを見てニッコリとする。

もっと食べたかったが、卵の薄焼きは大量に仕度をしてあるわけではないので、ひかえておく。

〔与志乃〕へ来たときは、銀座まで歩き、F堂へ寄って柚子のシャーベットとコーヒーをのむのが習慣になってしまった。

夜に入って、風が冷たい。初夏の夜風ともおもえぬ。

帰宅すると、知人から、K屋の出来たての半ぺんが届けられていた。

ちょっと、つまんでみたら、まことに旨い。

宵寝《よいね》をしてから入浴し、いつもならジュース一杯で仕事にかかるところだが、先刻の半ぺんの味を思い出したら、たまらなくなり、台所へ降りてワサビをおろし、御飯を七分目ほど茶わんに入れて書斎へもどり、食べてしまった。

その後で、タカジアスターゼ四錠をのむ。

インドネシア

このごろは、すっかりボケてしまい、鮨屋でビールのハカマへ、ビールをついだり、映画の試写の日時を間ちがえたりするのはめずらしくない。昨日も試写の日どりを間ちがえて時間が余ってしまい、コーヒー店へ入ったら、となりの婦人のコーヒーを自分のものだとおもって、のんでしまうという始末で、どうにもならない。

今日の試写は、間ちがえなかった。

インドネシアを全面的な背景とした映画は、これまでになかったような気がする。少なくとも私は観ていない。

この〔危険な年〕という映画は、スカルノ政権末期、動乱の気配濃厚となったインドネシアのジャカルタを舞台に、オーストラリアTV特派員（メル・ギブソン）とイギリス大使館の秘書（シガニー・ウイーバー）との恋を描いたものだが、両主役ともによく、ことにウイーバーの硬質の魅力は、彼女が売り出した〔エイリアン〕のヒロイン役を越える。
ことに、たとえ一度でも、インドネシアの土を踏んだ人にとっては、こたえられない映画だろう。私が、インドネシアへ行ったのは一昨年の十二月はじめのことで、シンガポールから寄り道をした四日間だけの滞在だったが、そのときの印象は、いまも強烈に残っている。
いまは、立派に完成されたジャカルタ空港内にたちこめていた、甘酸《あまず》っぱいインドネシアの体臭が、スクリーンからたちのぼってくるような映画だった。
インドネシアに、古くからつたえられ、残存している文化、風俗に、私たちが、われ知らず引き込まれてしまうのは、はるかに遠く古い母胎《ぼたい》が、
〔一つなのだろう〕
どうしても、そうおもってしまう。
たとえば、有名な〔ワヤン〕と称する影絵芝居の人形一つにしても、私が幼少のころに見た紙芝居そのものといってよい。紙芝居といっても、そのころのものは、竹串を芯にした紙人形をうごかすもので、影絵ではないが、仕掛けや技法が実によく似ている。私は、この紙人形で〔西遊記〕を知ったのだ。バリ島の〔ケチャ・ダンス〕や〔バロン・ダンス〕の衣裳、所作、その一つ一つが、まさに歌舞伎であって、歌舞伎

俳優の岩井半四郎がインドネシアの民俗舞踊に魅了され、何度も現地を訪問するのも、宜《むべ》なるかなと、つくづくおもった。

(どうして、こんなに似ているのだろうか!……)

東南アジアの芸能と、日本のそれが、遠いむかしに、どのようにしてむすびついたのか。はるばると海をわたって交流した人びとの心が、夢のように想われる。

その想いをかきたてるインドネシアの音楽、ガムランという打楽器、鉦《かね》や笛《スリン》、両面鼓《クンダン》などの演奏は、私が、まだこの世に生を受けなかったころに、漆黒《しっこく》の闇の中で聴いたような気がする。

インドネシアの、夜の闇は深い。

バリ島のような観光地でも、夜ともなれば灯は乏しく、レストランでさえ、テーブルの照明は暗い。壁のない、まるで東屋《あずまや》のようなレストランは、黒い森に包まれ、わずかな灯火にみちびかれて入って行くと、テーブルの上の蠟燭《ろうそく》の火が瞬《またた》く。

甘いソースをかけた焼き鳥。焼飯《ナシゴレン》や伊勢海老の塩焼き。モヤシ入りの春巻。

こうした食べものを、重くて濃密な夜の闇の中で口にするとき、日本の、あまりにも豊かすぎる灯火によって磨滅《まめつ》した感覚が、ふっとよみがえってくるようだ。

この夜の闇こそ、インドネシア人の信仰と生活を生み出したものなのだろう。

いまのバリ島の州都デンパサールには、観光客のための馬車《ドカル》が、わずかに残っている。だが、馬車に乗って市中へ出ると、縦横に疾走するオートバイの群れに取り囲まれ、オートバイの若者たちは狂人のように走りまわり、のろのろと歩む馬車を凄い眼で睨みつけてくる。

映画〔危険な年〕は約二十年前のインドネシアが舞台なのだから、無数の馬車がジャカルタにあふれているさまを見ることができる。

そのころに、まだ体力が残っていた私は、インドネシアを訪れてみたかった。そして、この国の古都や小さな町や村を、ゆっくりと歩きまわってみたかった。

しかし、もう遅い。この国で、そのような旅をつづけるためには、いまの私の心身のちからではむりにきまっている。

「もっと早く、東南アジアをまわっておきたかったね」

と、私は、バリ島のレストランで連れの友人にいった。

「そうしたら、いまのぼくとは、別の人間になっていたかも知れない」

生ライムを添え、蘭《らん》の花を飾ったアイス・ティが運ばれてきて、私と妻はそれをのんだが、友人はコーヒーを注文した。カップの底に澱《おり》が残るバリ・コーヒーだ。

「そのコーヒー、どうだ?」

「いや、これはどうもいただけませんね」

そのとき、突然、闇が揺れうごき、ヤシの葉が叫び声をあげはじめた。地震だった。そういえば、バリ島には火山がある。

映画は、貧富の差が激しかった動乱期のインドネシアで、白人の男女が激しくもとめ合う姿を、監督ピーター・ウェアーが巧妙に演出する。

この国の暑気は、私の友人が、

「コカコーラに、お燗《かん》がついています」

と、いったほどだが、じっとりと汗がにじむ夜の、深く重い闇に包まれていると、異国の男女が狂おしげにもとめ合うのが当然なのだろう。

まして、命を賭けたジャーナリストの報道生活は危機をはらみ、その緊迫感は、さらに強く女をもとめて行くことになる。

厚いカップに、生ぬるくたたえられた青や桃色の飲みものには、いささかの清涼感もない。白人たちは、暑苦しい夜に耐えるうち、しだいに、一種の感覚が磨ぎすまされてゆき、一方では鈍くなった官能をもてあます。そこのところが、うまく描かれている映画で、監督と主演男優はオーストラリアの俊鋭である。

オーストラリアといえば、インドネシアまで三時間か四時間の航空時間なのだろう。

バリ島のクタ・ビーチの大衆レストランには、オーストラリアからやって来るヒッピー風の男女があふれていた。

このレストランで、老妻は食欲をうしない、体調をくずしてしまった。

「シンガポールは、とてもよかったけれど、インドネシアは、私になじみませんね」

と、妻は洩らした。

翌日、私はバリ島を発ち、ジャカルタの国際空港で日航機に乗り換えた。

機内で出た日本の緑茶を、妻は、たちまちに四杯もおかわりをして、そのとたんに、体調が元へもどったのだった。

奥多摩の一日（A）

戦前、株式仲買店につとめていたころ、私は暇を見つけては、山登りをした。

遠くは信州・甲州の山々、近くは奥多摩周辺の山々に出かけたのは、特別に山が好きだったというのでもない。むろんのことに、きらいではなかったが……。

ただ職業柄、どうしても、秘密の遊び事に夢中となるわけで、心がというよりも、若い躰が鈍《なま》ってきてしまう。

（それを、鍛え直そう）

などという、殊勝な心がけで登山をはじめたのではない。

当時は、軽い登山が流行しており、高尾山の近くの陣馬山の山小屋から、毎日、日本橋の兜町まで通勤して来るほどに、山が好きな男もいた。

夜も明けぬうちに小屋を出て、山を下り、中央線の上野原駅から汽車に飛び乗り、東京へ向かう。そして、取引所の前場開始の柝《き》がチョーンと鳴るか鳴らないかに店へ飛び込んで来るのだ。この男は太平洋戦争で戦死してしまったが、さぞ、果敢にはたらいたことだろう。

戦争……私も、いずれは海軍か陸軍かにとられて、戦場に出て行かなくてはならぬ。そうなったとき、

（いまのような躰では、とても、はたらけるものではない）

そのおもいがあり、せめて脚だけでも丈夫にしておきたいという気持ちから、登山をはじめたといってよい。

奥多摩周辺では、大菩薩峠・高尾・陣馬・景信・大岳などの山々だが、これらの諸山は、いずれも五日市や甲州側から登っていたので、青梅線から登ったのは御嶽《みたけ》山のみだった。

御嶽山へは、戦前に四度、戦後に二度も登っている。

それには、やはり理由がある。

かの中里介山著〔大菩薩峠〕第一巻の前半は、奥多摩の御嶽周辺が背景となっており、介山居士《こじ》の小説と、当時の日活が、故大河内伝次郎を主人公の机龍之助にして、オールスター・キャストでつくった映画、さらに新国劇独擅場《どくせんじょう》の舞台によって、私

は〔大菩薩峠〕に陶酔《とうすい》しきっていたからだ。

去年、おもいがけなく、およそ五十年ぶりで、日活の〔大菩薩峠〕を再見することができて、そのすばらしさに瞠目した。

御嶽山・霧の御坂《みさか》で、刺客十数名を斬って倒す大河内伝次郎の殺陣《たて》の凄さを、ペンではうまく表現できまい。

しばらくして、いまも健在の入江たか子さんと語り合ったとき、大河内の龍之助の妻お浜を演じた入江さんに、

「大菩薩峠のとき、大河内さんは、どんなでした？」

尋ねると、入江さんは、

「伝ちゃん（大河内）は、とても親切な方でしたよ」

それから大河内の声色《こわいろ》をつかって、入江さんが、

「ウ、ウウ……おたかさん。これからは映画がトーキーになるから、おたがいに、よっぽどしっかりせにゃぁいかんね……って、そういってくれましたの」

去る日。

私は友人ふたりと共に、所用あって、久しぶりに奥多摩を訪れた。

用事をすませてから、

「まだ、時間がたっぷりあるから、沢井《さわい》まで行ってみようよ」

と、私はいった。

沢井は御嶽駅の一つ手前だが、下車したことは一度もなかった。

中里介山は、机龍之助の邸宅を、この沢井に設定している。だから、一度、ゆっくりと見ておきたかったのだ。

介山は〔大菩薩峠〕で、こう書いている。


武州の御嶽山と、多摩川を隔てて向き合ったところに柚《ゆず》のよく実る沢井という村があります。この村へ入ると誰の眼にもつくのは、山を負《お》うて冠木門《かぶきもん》の左右に、長蛇の如く走る白壁に黒い腰をつけた塀と、それを越した入母屋風《いりもやふう》の大屋根であって、これが机龍之助の邸宅であります。


私たちは吉野街道から多摩川を眼下にのぞむ道へ出て、自動車を降りた。

この季節（春から初夏）にかけての奥多摩は、休日をのぞいて訪れる観光客も少なく、ゆったりとした気分で散策をたのしめる。

空は晴れわたり、川の両側からせまる山肌の緑が鮮烈をきわめていた。藤の花が散りはじめたが、山躑躅《やまつつじ》が満開だった。

多摩川へかかる釣り橋を対岸へわたると、そこが沢井である。

中里介山が、お浜誘拐のシーンにつかった橋は、この釣り橋かも知れない。介山の地形や風景の描写は実に丹念であって、青梅線の沢井駅まで登って行くと、机龍之助の邸宅と沢井の風景を描いた、簡潔な文章が、いまなお、生き生きとよみがえってくる。

奥多摩の町や村も、他の観光地と同様に変貌したが、それでも、変貌の仕方がまだまだ鄙びており、戦前の面影を色濃くとどめているのがよい。

私は二十余年前に〔忍者・丹波大介〕という小説を書いたが、そのとき、甲府から自動車で青梅街道へ出て、大菩薩峠の西裾をまわり、丹波山村まで来たことがある。

この日も、そのあたりまで行ってみようとおもったが、日帰りの予定だし、他に立ち寄るところもあったので、奥多摩湖の一隅を見てから引き返すことにした。

沢井から吉野へ出ると、ここには、故吉川英治氏の旧邸がある。

吉川氏が戦争中に疎開され、戦後の数年をすごされた屋敷は、このあたりの郷士のものでもあったのだろうか、実に堂々たる建築であって、いまは〔吉川英治記念館〕になっている。

私たち年配のものが少年のころ、吉川英治の小説に、どれほど熱狂したか、それは、いまの子供たちの想像を絶するものだ。

吉川氏の連載小説を読むために、少年倶楽部の発売日になると、母がくれた五十銭玉を汗ばむほどに握りしめ、朝早くから本屋の前に立ち、地団太《じだんだ》を踏みながら、新刊の雑誌が届くのを待ちかまえているのだ。

本が届く。飛びついて買う。

すぐに吉川氏の小説を読むかとおもうと、そうではない。

来月までの一カ月をたのしむために、一冊の雑誌を少しずつ、少しずつ読んで行くのだった。

奥多摩の一日（B）

戦後の私は、おもいもかけず、大劇場の脚本・演出という仕事をするようになり、さらに小説の世界へ転じたのも予想外のことだった。

そして、はじめて書いた時代小説が直木賞の候補になった。この小説は、信州松代藩の家老・恩田木工民親《おんだもくたみちか》を描いたものだったが、当時、直木賞の選考委員の一人だった吉川英治氏は、つたない私の候補作を褒《ほ》め、支持されたが、受賞とはならなかった。

その後も吉川氏は、編集者などを通じ、私の耳へ入るように絶えず、はげましの言葉をつたえて下すった。

その後の私は、候補になること六回目で直木賞を授賞された。このとき、吉川氏からは懇篤《こんとく》の御手紙と祝電をいただいた。

そもそも私は、脚本や小説の事のみならず、少年のころから自分の目ざすものを、ただちに獲得できた例《ためし》は一度もない。何度も失敗し、相当の期間の努力を強いられるが、その努力さえ怠らなければ、ほとんど目的を達することができている。

これは、私の気学の星が〔六白金星〕ゆえにであろう。いうまでもなく、当時は気学の研究などしていなかったから、自分の星が何かを知ってはいなかった。

〔六白金星〕は晩年運の星だ。自分の生活なり仕事なりが、どうにかおもうようになるのは四十を越えてからで、それまでは気が強く、容易に妥協をしないから敵も多い。このときに失敗してしまうわけで、私も例に洩れなかったが、ともかくも仕事一筋にやって来たので救われたのだ。

少年のころから、何事につけ、はじめからうまく行った例がない。しかし、一念迷わずに努力していると、かならず、たとえ小さな目的であっても辿《たど》りつくことができるという体験を数知れぬほどしてきたので、はじめのうちは苦しみもしたが、そのうちに、物事がうまく行かなくても絶望したり、自暴自棄になることが、あまりなくなってきた。これは期せずして〔六白金星〕の宿命を実行してきたわけで、いま、気学によって六十年の人生を顧みるとき、いちいち、おもい当たることばかりだ。

九つの星は、初年運、中年運、晩年運に別れていて、もちろん例外はあるにせよ、この統計はおどろくほどに的中する。

初年運の星をもった人は、早いうちに、少年のころから幸運の芽が出てしまう。若いころに〔神童〕だとか〔天才〕だとかよばれた人の大半は初年運で、青年時代にも、この幸運はつづく。それを中年、晩年へむすびつけて行かなくてはならないのだが、若いだけに、なかなかむずかしい。

自分の星の良い面に少しずつでも近づいて行けばよいわけだが、たとえ気学をわきまえていても、自分のことになると、つい、甘く考えてしまうのである。

吉川英治氏の夫人が何の星であるか、それは知らぬが、おそらく文子夫人は、生まれた年か月のどちらかに口や食べ物に関係のある星をもっておられるのではあるまいか。いま、夫人は、記念館からも程近い吉野梅郷で〔紅梅苑〕という菓子の店を経営しておられる。

友人たちと私は、間もなく〔紅梅苑〕へ到着し、菓子を売るコーナーの喫茶室へ入り、先ず、コーヒーと梅のシャーベットを注文した。〔紅梅苑〕のコーヒーは、格別に凝ったいれかたをしているのではない。それでいて、うまいのは一人の客なら一人、二人なら二人、注文があるたびに、いちいち新しくいれるからだ。その誠意がコーヒーをうまくするのである。

一事が万事で、この日、はじめて、店の裏手の製菓場を見せていただいたが、これとて瞠目するような器材があるわけではない。清潔と良心が徹底しているのみだ。

中里介山は、近くの沢井で柚子がよく実ると書いたが、その柚子を蜜漬けしておいて刻み入れた、一口で食べられる和菓子は柚籠と名づけられていて、私は、これが大好きだ。

吉野は人も知る梅の名所だ。その紅梅白梅からとれる梅酒をつかったゼリーやシャーベット。梅絹という〔のし梅〕など、どの菓子もうまい。

開店は二年前だったが、いまや〔紅梅苑〕は多摩の名物となってしまった。毎日のように売り切れだが、大量生産は決してしない。そもそも、吉川夫人が〔紅梅苑〕をはじめられたのは、記念館を訪ねる人びとの憩いのためなのだから、金儲けとは無縁のものなのだ。

吉川夫人は、急におもいたって、このお仕事をはじめられたのではあるまい。何年もかけてあたためられ、御自分の豊富な体験から出た発想を、よい建築が丹念に積み重ねられて行くように練りあげられたのだろう。私は、家人にたのまれた〔紅梅饅頭〕を買った。

店員たちと共に、いそがしく立ちはたらいていた吉川夫人が近づいて来られた。

もともと丈夫な方だが、店をはじめられてから、ますます生き生きとして、その血色のすばらしくなったのは、お目にかかるたびにおどろく。

やがて私たちは〔紅梅苑〕を出て、夕闇の中を、福生《ふっさ》へ向かった。福生には、ちょいと、おもしろい店がある。

〔さんちゃん〕という洋食屋だ。

近くの、米軍・横田基地が盛んだったころ、大入り満員だったときの面影が、この店の設計や装飾に残っていて、そのくせ、メニューは徹底的な日本洋食だ。主人夫婦は東京の下町生まれで、その気分のよさは、料理の味にまで関係してくる。

ビフテキ、カツレツ、海老フライ、各種の焼き飯、サラダなど、洋食屋でなじみのメニューがならぶ中で、オニオン・リングというのがある。部厚く切ったタマネギのフライだ。何のこともないような一皿だが、これがうまい。家庭の火力では到底できない味で、さりとて気取ったレストランにはないメニューだ。熱い熱い、香ばしいタマネギのフライにウスター・ソースを振りかけ、ビールでかぶりつく。

「うまいなあ……」

三人一様に声をあげる。空腹だから尚更である。つぎに私は〔ステーキ・エッグ〕という一皿を食べた。これはアメリカ人たちの注文によるメニューだそうで、小さなビフテキに卵のフライ、フレンチ・ポテト、生野菜を盛りつけた威勢のよい一皿。

つぎは、カニの焼き飯とカレー・ライスを三人で分けて食べる。

満腹して外へ出ると、すでに夜の闇が下りていて、微風が生あたたかい。ようやく夏らしくなってきたようだ。

後から自動車に乗ってきた友人のF君が、こういった。

「この福生のあたりでも、結婚式の引き出物には紅梅苑の菓子だそうですよ。早くから予約をするそうです」

食日記

×月×日

第一食は到来物の鯵のヒラキを焼いたが、あまりに旨くて三枚も食べ、御飯も二杯やってしまう。さらに豆腐の味噌汁もおかわりする。

近ごろは夜食をやめたので、翌日の第一食（午前十一時ごろ）が旨いのは当然だ。したがって、いまの私は一日二食ということになる。

夜食がないと躰にちからが入らず、夜半から明け方にかけて仕事をするのにも、何だかたよりないおもいがしたけれど、それも慣れた。

これからは、自分の生活のすべてを簡素化すると同時に、食事も、つとめて質素にしようと心がけている。

「お前も、大分に、楽になったろう？」

家人にそういうと、

「でも、そのぶんだけ、こっちも年を取りますからねえ」

と、こたえる。

まさに、その通りで、いまの私は十二、三年前の仕事の分量にくらべると、その三分ノ一ほどしか仕事をしていないが、骨が折れるのは少しも変わらぬ。それだけ、むかしの体力や気力が失われているからだろう。

夕景から、麻布のアメリカン・クラブで、新国劇の辰巳柳太郎氏の孫娘の結婚披露宴があるので出席する。

クラブ専属と見えるジャズ・トリオの演奏もよく、最後に新婦の母親・新倉美子さんが、お祝いに〔ス・ワンダフル〕を唄う。往年は鳴らした歌手だった人だけに、いまでは歌に風格が出て、なかなかによい。

辰巳氏は後方のテーブルにいて、

「あっ。洋服着て出て来やがって唄い出した。おれは一時間半ですませろといったのに、もう三時間すぎちまった。みなさんにすまない」

などと、ボヤいていたが、いまの結婚式は若い人たちの〔お祭り〕なのだから仕方がない。

×月×日

朝、早く起きて、歌舞伎座の昼の部を見物する。

〔夏祭浪花鑑〕という狂言は、私の大好きな狂言だ。

大阪の、難波の長町裏で、高津の宵宮の夜、団七九郎兵衛の舅《しゅうと》殺しがおこなわれる。

今回は幸四郎初役の団七、舅の義平次は、これも初役の勘三郎がつとめた。

夏の、重苦しくたれこめた闇の中で、凄惨《せいさん》な殺陣《たて》が延々と展開される。これがたまらなくおもしろいのは、その殺陣が両者の心理描写をふくんでいるからだ。

勘三郎は、義平次と二役で、得意のお辰を演じて堪能させる。

終わって、すぐに帰宅。夕飯前から仕事にかかる。

夕飯は冷奴《ひややっこ》でビール一本。あとは野菜の吸い物、鰹の刺し身。

今夜は仕事が長くなるので、ジャガイモ入りのパンを食べる。

このパンは下北沢の〔アンゼリカ〕というパン屋でつくっているドイツ風のパンで〔男爵バーンズ〕と称する一品。

つぶしたジャガイモに味つけをし、これをパンの皮で包み、焼きあげたもので、いま流行の小ぎれいなパンとは、ちょっとちがう。

いかにも質実剛健なドイツ・パンである。

×月×日

毎日、仕事をしているのだが、月末近くになると追いつめられたような気分になって、今日は試写二つを取りやめにし、終日、仕事に打ち込む。

先ず、第一食に小さなステーキ。トースト、トマトとレタスのサラダ。これでちからがついたような気分になるからふしぎだ。

今日は、来客もなく、夕飯までに、たっぷり仕事ができた。

夕飯は冷奴、トマト・サラダでビール一本。あとは鉄火丼とシジミの吸い物だけ。

むかしは、とてもこれだけではすまなかった。たしかに家人のはたらきは楽になっているし、私も出されるものに文句をいわぬようになった。

それは自分が年をとっておだやかになったというよりも、近年は、飽食に気が差すからだ。

いまの日本の食糧のゆたかさ、料理店の豊富さ。そして、料理店案内の本が飛ぶように売れるという世の中になったが、これは、近い将来に、人間たちがおもうさま食べられなくなる前兆のような気がする。それも、やはり、あの戦中戦後の食生活を体験している所為なのだろうか。

私にはいつも、この不安があって消えない。

（こんな状態が、いつまでも、つづくわけがない。むかしのことを考えれば、空恐ろしい気がする……)

のである。

それはさておいても、食生活を簡素にすることは健康のためのみではない。微妙な影響が他の部分へおよんできて、少しずつだが、私の生活は変わってきつつある。

だが、もっともっと、生活のすべてを簡素に、簡略にしたい。その工夫をしているところだが、月日は奔流のごとく、音をたててながれて行く。そのスピードには思わず瞠目してしまうのだ。

×月×日

第一食は、親子丼に香の物。

外出。ワーナーの試写室で〔セブン・ビューティズ〕を観る。例によって主役を演じるジャン・カルロ・ジャンニーニの〔眼技〕に圧倒される。彼は凄い俳優だ。

書店へ寄り、モーパッサンの伝記を買って帰る。

先年、パリへ行ったとき、モーパッサンが住んでいた家を写真に撮ってきたが、この人は諸方へ転居しつづけて一生を終えた人だから、この伝記には私が見た家がのっていないような気もする。

夕飯は、鮭のフライで白ワイン少々。あとは焼き海苔に御飯。豆腐の味噌汁。

「これで、いいんですか？」

と、家人が、ふしぎそうにいう。

「いいんだ、これで」

「引っくり返らないかしら」

「引っくり返ったら、尚更、いいじゃないか」

食後、書斎へ入り、知人が送ってくれた松の実をつまみながら、コーヒー二杯をのむ。

続　食日記

×月×日
インドの映画監督サタジット・レイの盛名は、いまや隠れもないが、レイ監督の代表作〈大地のうた〉三部作を私は見逃していた。

十数年前に友人のベテラン・シナリオライター・井手雅人が、

「凄いよ、あの監督は……」

感嘆の声を発したのを、いまもおぼえている。

このたび、エキプ・ド・シネマが、この三部作をニュー・プリントで上映することになり、試写が開始されたので、今日は胸を躍らせて東和本社の試写室へ行く。

なるほど、井手君を感銘させたはずだ。

一九三〇年代の前半。インドの片田舎における平凡な一家の、どこにでもあるような物語が何故このように感動をよぶのだろうか。夫婦、姉弟、老婆の一家に向けるレイ監督の鋭利な眼《まな》ざしと、リアリズムに徹した演出の中に潜《ひそ》む温味《ぬくみ》は、描写がリアルであればこそ、嘘いつわりのない〔詩情〕をともなって、観る者の胸を揺する。この映画では、インドの人びとの大自然に対する畏怖《いふ》と尊崇《そんすう》の念が、日常の生活の上に、ぬきさしのならぬかたちで描写されつくしている。たとえば、一杯の水をのむとき、その水が椀に残れば、これを必ず庭の木へかける。これほどだから、食糧に対するインド人の観念が、どのようなものであるか、いうを待たない。

終わって、すぐに帰宅し、鰺の塩焼きでビールをのむ。そのあとで親子丼をする。鶏肉を庖丁でたたいて入れる親子丼だ。

×月×日

この四月下旬、新国劇の浅草公演に客演中、突然に倒れ、旧師の辰巳柳太郎に見まもられつつ、M病院へ運ばれた黒川弥太郎氏が、ついに死去した。

亡師・長谷川伸が、まだ存命中の、あるとき、私に、

「ねえ、君。弥太さん（黒川）は傍役へまわって、その後、映画が沈滞してからも、彼は沈《しず》まないねえ。いつも何処かの舞台へ出ている。これは、彼の人柄が物をいうのだねえ」

つくづくと、洩らした言葉を、いまもおぼえている。

黒川弥太郎が新国劇の研究生として入座した年に、名古屋の御園座で、長谷川伸作〔荒木又右衛門〕が出て、師匠の辰巳が、

「おい、黒川。お前は騎兵だったのだから、馬の脚をやれ」

と命じ、辰巳扮する又右衛門を乗せて花道の引っ込みにかかったとき、あまりの苦しさに、馬の脚がへなへなと崩れ、又右衛門が振り落とされてしまったというはなしは事実だ。映画へ入ってからの黒川弥太郎の代表作は、故山中貞雄の〔森の石松〕だろう。やくざの暗い宿命を描いたもので、いまだに眼に残っている。

私とは、去年の新国劇のＯＢ会で久しぶりに会い、七十をこえた人とも思えぬ若々しさにおどろき、

「二十年前と、少しも変わりませんね」

「いえ、まあ、そんなことよりも、ぜひ一度、舞台で御一緒したいですね」

そういってくれたが、芝居の世界から離れた私ゆえ、ついに手合わせができなかった。黒川氏の毛筆手書き楷書の見事な年賀状も、もう貰えなくなってしまった。

夕飯は、鶏挽き肉のハンバーグステーキ（ホワイト・ソースをかける）で、ポートワインをのむ。よく冷えたセロリに塩をつけて齧《かじ》るのは実に旨い。そのあとで卵素麵《そうめん》。

笊《ざる》へあげた素麺へ生卵の黄身を落とし、素早く攪《か》きまぜつつ蕎麦汁《つゆ》ですすりこむ。今夜は仕事が長引くので、夜の十時に豚肉のカレー・ライスを皿に半分ほど食べておく。

×月×日

第一食は、トースト一枚にとどめておく。今日の夕飯を、たっぷり食べなくてはならないからだ。

午後から虎ノ門のフォックスの試写室へ行き〔殺したいほど愛されて〕を観る。三十年ほど前にブレストン・スタージェス監督がレックス・ハリスンとリンダ・ダーネル主演でつくった〔殺人幻想曲〕の脚本を洗い直し、ハワード・ジフが監督したコメディである。これは、人間たちの〔勘ちがい〕をテーマにしたコメディだから、何よりも骨法《こつぽう》がしっかりしている。ゆえに、ダドリー・ムーアの演技も過剰にならず、脚本の中に溶け込んでいて、彼の良い面だけが引き出された。

ムーア扮する主人公が世界的に有名な音楽指揮者なので、カーネギー・ホールを舞台にした音楽界の裏表が、粋なニューヨークの雰囲気と共にたっぷりと描かれていた。なるほど、この主役は、ダドリー・ムーアならではというところだ。

終わって、六本木へ出るため、麻布の坂道を曲がり、抜けて行く。このあたりは辛うじて、むかしの麻布の谷間《たにあい》の風趣が残されている。

梅雨の雨あがりの、小暗い坂道の緑はしたたるばかりで、紫陽花《あじさい》が咲く崖の上から、白い猫が飛び降りて来て走り去った。

六本木の〔ムスタッシュ〕へ久しぶりで行く。

間もなく、若い友人たちがやって来た。

先ず、鶏のテリーヌと車海老・帆立て貝の燻製《くんせい》。それから、クレソンのポタージュ。白ワインはシャブリ。赤は口あたりのよいメドック。

この店の料理は、いま流行の〔ヌーベル……〕なんとかというものではない。フランスの小さな料理店の味そのものだ。

このあとで、車海老のチーズ・ソースを少しもらう。主人は千田昌男さんといって画家である。モーリス・シュヴァリエのレコードがあったので、早速かけてもらう。

つぎは〔ブルギニヨン〕で、黒いソースがうまい。

それから大きなスフレがチョコレート・レモン・コアントローと三種類出た。

「うわ……食べきれるかな」

と、友人たちは眼をむいたが、スフレはいつの間にか腹中へおさまってしまうものだ。コーヒーのあとで、苺のアイスクリーム。これで終わった。やはり、第一食はパン一片にしておいてよかった。

友人たちと別れ、タクシーで帰宅する。

夜半、空腹になってきたが我慢をする。食はつつしまなくてはならない。

仕事をしながら、明日の第一食のことを考える。明日はアルビン・エイリー舞踊団の来日公演を観に行くが、その前に来客が二組あるので、あれこれと迷ったが、結局、カニの炒飯を食べることにする。

間もなく、すべての連載が終わる。久しぶりに、束の間の、たのしい夏になりそうだ。

快食会談

すきやき

映画評論家 荻昌弘×池波正太郎

作り方も材料も人によってさまざま

荻 「おぎまさ亭」最終回は〝すきやき〟です。本題に入る前に、池波さん、酒は燗《かん》をつけますか冷やでおやりになりますか。

池波 冷やでいただきましょう。銘柄は何です？

荻 今日は、後でお話ししますが、肉が米沢牛ですから酒も米沢の地酒です。別に〝おぎまさ〟の語呂合せじゃないんですが「沖正宗」。(笑) アルコールを一切添加してない純米醸造で、口あたりがとてもいい。

池波 東京でも割に見かける酒ですね。

荻 さて、今日はわれわれの日常生活の中では、言わば〝御馳走〟の一代表と言うか、小さなハレの象徴のようになった〝すきやき〟を取り上げるわけですが、試作に移る前に伺っておきたい。池波さんが御自宅ですきやきをなさる時、関西風になさいますか、東京式になさいますか。反射的にパッととりかかるのは普通どちらですか。

〈亭主蛇足〉周知のように、熱した鉄鍋に牛脂を塗り、先ず強火でジャーッと肉の表面だけを焼いてから、醤油、砂糖などで味をつけだすのが、関西式。これに対して東京風は、肉を先ず焼く、というより、むしろ最初から、かねて準備の割下《わりした》で、煮てしまう。この東西のやり方のちがいについては、宮本又次氏の名著『関西と関東』が（牛肉以外の食文化全般にも筆が及んでいる点）、精密である。

味は――どちらでやろうとそれは好みだが、私は、東京生まれにもかかわらず、すきやきは関西式が美味でもあり論理的だとも考えている。

池波　肉によります。僕らが子供の頃から母親にやってもらったのは、要するに牛鍋ですよね。下町の職人の家ですから、そんな高い、いい肉は買えない。小間切れのようなもんですわね。この場合は、ジャガイモとかネギとかと一緒に、肉を鍋にぶち込んで濃いダシ汁で煮ちゃう。カレーライスもそうですよね。そういう風にしといたやつを、子供の頃は食べさせてもらったもんです。それは、家で今でもやりますよ、小間切れの時は。だけど、いい肉でやる場合はやっぱり違って、関西風にも関東風にも色々にやります、その時々によって。今、うちでやるのは、そのいい肉の場合の作り方ね。その時、肉と、野菜は日本ネギだけです。普通は皆ネギを斜めに切るでしょう。うちでは斜めに切らないで胴切りにする。

荻　筒形に切るわけですね。

池波　その胴切りのやつを、鍋の中に立てておくとかえってよく煮えるんです。

荻　あれはうまい煮方ですが、たとえば深谷のネギのような、真っ白い太目のものでないと駄目でしょう。

〈亭主蛇足〉関西の緑のネギは、あれはあれでウマいけれど、鍋物には、埼玉の、本当に太い、真ッ白な、ねっとりとしたネギが最上である、と、私などは狭い了見に固執する。

池波　そう、太目のネギがいい。

荻　入れるのは本当に肉とネギだけ？

池波　豆腐も白滝も何も入れません。それを敷いといて、あまり濃くない調合した東京風のタレですな、あれを少し薄目にして鍋に薄目にズーッと敷くんですよ。

荻　最初にですか。

池波　最初に敷く。それでバーッと沸騰してきたら肉を取る。ほとんどしゃぶしゃぶのような煮え具合で食うわけです。
荻　その場合の肉は霜降りをお好みですか。
池波　何でも、とにかくいい肉でさえあれば。
荻　今の割下には、味醂《みりん》とかお酒はお使いになりますか。
池波　両方とも使いますね。ただし、砂糖は入れない。
荻　じゃあ、相当に粋《いき》な、つまりあんまり甘くない？
池波　でも、小間切れの時には砂糖を入れてコッテリとやる。
荻　ナルホドねえ。この小間切れ肉のすきやき、つまりずっとお小さい頃のやり方を少し教えてくださいませんか。実にうまそうだ。
池波　それは母がやっていることですから、見てただけですけど、もう実に乱暴なもんです。さっき言いましたように、カレーライスと同じでね。たとえて言えば、カレーライスの場合はまずジャガイモとニンジンとか、豚肉なりなんなりを早くから鍋に入れて、グツグツ柔かくなるまで煮るわけでしょう。そこへカレー粉をぶち込んで、ウドン粉をぶち込んで……。それだけのもの。すきやきだってその通りなの。
荻　やはり、最初に割下を入れて？
池波　いや、鍋に一遍水を張って野菜を入れますね。これが沸騰して柔かくなった時に、小間切れを全部入れちゃう。それで醬油とお砂糖で甘辛くワーッと煮たのをパッとお膳に出して、皆で食うんです、唐辛子を振って。

荻　唐辛子を上に振るんですか。

池波　お膳に置いてあって各自勝手にやる。

卵は邪道⁉　熱いのがうまい

荻　同じく牛鍋とかすきやきと呼んでも、実にさまざまな方法があることがわかりますね。ところで、近頃では定法みたいになっちゃったが、池波さん、すきやきを召し上がる時に卵はお使いになりますか。

池波　使いません。外で食う時も、僕は卵は使わない。

荻　僕も、子供の頃うちでやってたすきやきというのは、卵はあんまり使わなかったような記憶がしてしょうがない。

池波　東京では使いませんでしたよ。戦後ですよ、東京のすきやき屋で卵を出すようになったのは。そりゃあ、〔米久〕なんかのように卵を出しているところもありましたけどね。それでも、卵は別に注文するわけです、欲しい人が。

荻　今は、どこでも小皿に生卵を割り込むのが癖になっちゃって……。
池波　熱いからそうするんじゃないかと思うんだけれどもね。
荻　ナルホド、肉をさまして食うわけか。一種の猫舌現象かもしれませんね。
池波　本当は熱いのを食うのがうまい。（ここへ肉と野菜が運ばれて来て、ガスに火がつけられる）
荻　さて、試作に移りたいと思います。どうです、この牛肉。
池波　ほう、なかなかいい肉ですね。
荻　これは、先日私が取材に行きました、米沢市内の〔登起波《ときわ》牛肉店〕のものなんです。米沢牛については追々御報告するとして、鍋も熱くなりましたから、とりあえず始めましょうか。（と、亭主立ち上がる）まず肉を焼いちゃっていいですか、関西風に。
池波　僕はどんな風でしても……。あなたのいいようにしたらいい。
荻　じゃァ、私の信念に従って、まず肉を焼いて――と。ここで初めて割下を入れて、野菜も少し入れます。
〈亭主蛇足〉肉をナマのまま煮込んでしまうと、中から肉汁が外へ漏れてしまいますでしょう。牛肉はジャッと表面を焼き締めて、中はナマくらいのままで食うほうが、味がこもってトクなような気がするのです。

池波　少し酒を入れたほうがいい。

荻　そうですね。一気に入れちゃっていいですか。白滝は今入れますか、それとも後のほうが……。僕はあとで入れたい。

池波　僕はあんまり入れないから、どっちでもいいですよ。

荻　玉ネギは使おうか使うまいか。あまり召し上がったことないでしょ。

池波　はい。

荻　割においしいものです。もっとも、全体に味が甘くなりますけれども。どうぞ、もう肉をお取りください。

池波　じゃ、いただきましょう。

獣らしい味を残す米沢の肉

荻　いかがですか。米沢の肉は関西ほどひたすら柔かくはないけれども獣らしいいい味がしませんか。

池波　ちょっと、今の猪と味が似ていますね。

荻　僕はこの米沢の肉というのは、割に好意を持っているんです。米沢では、勿論いい肉屋が何軒かあって、この〔登起波〕も代表的な一軒なんですけれども、明治の初めにこの祖先が牛肉を始めたのは、隣のお医者さんが勧めたからだったらしいです。しかも、そのお医者さんは、この町の中学へ来た英人教師の説に動かされた。
池波　やはり滋養になるからということなんでしょう。
荻　そういうことらしいです。で、今、市内にどれくらいの肉屋があるかと言うと、肉の小売店が百軒、米沢牛肉専門店だけで三十六軒です。
池波　人口はそんな多くないでしょう。
荻　九万ちょっと、といったもんです。
池波　じゃ、大変な過当競争だ。
荻　そういうことになりますね。事実安いですよ。ショーケースの品と値段を見較べても、東京よりお値打ちですよ。それでいて、歯ごたえがあってうまい。率直なところ、上物でも松阪の〔和田金〕のような値段だと、売れなくなっちゃうでしょうね。実際、米沢の肉屋さんへ行って話を聞いていますと、いじらしいみたいな話なんです。つまり、米沢の市民が日常感覚で買える肉の値段ね、あくまでもそれを基準に牛の飼育から仕込みのシステムを置いているわけです。今、米沢市民が普段の食用に買える肉の基準というのは、百グラム三百五十円ですって。この三百五十円の肉をいかにうまく作るかということ、それを米沢の牛肉関係者の人たちは一所懸命考えるわけです。

池波　それは、やっぱり市政がしっかりしている。

荻　東京だと、三百五十円なんていうとそれこそ小間切れみたいなことになりかねない。米沢の牛肉の方に言わせると、東京に来て肉屋を覗いてももう勉強にならないって、高すぎちゃって。米沢で三百円で売っている肉が、東京だと五百円くらいという。

〈亭主蛇足〉米沢市民は、いい肉が安く手に入る幸福を、存分に味わっていいのだ。ただ、日本で、いい肉が安く買えるのはこの山形県の都市だけだ、などと私は言っているのではない。現に私は、神戸でも、大阪でも、京都でも、松阪でも、東京の下町でも、百グラム二百何十円といった安さで、美味上質なコマギレを売りつづける良心的な店を、知って、かよっている。「東京の肉は高い」という言い方は、あくまで〝一般論〟である。

池波　確かに東京は、日本一牛肉の高いところになった。しかし、僕は小間切れ、いいと思うんだよ。今の人はビフテキなんて言って牛肉を珍重しますけど、僕らは平常そう食べたいと思わない。

〈亭主蛇足〉池波氏が強く主張されてる趣旨は、牛肉は、部位それぞれにそれぞれ別の料理法と、独自のウマさがあり、「牛肉といやァヒレのビフテキだけだ」と思いこむその愚劣さ、ということである。私はまったく同感だ。シチュウはヒレにする必要はないし、といって、モモはビフテキにならないし、霜降りをつくだ煮にするバカはいないし、そして、ジャガイモやニンジンを煮こむには、意外にコマギレがウマいのだ。そして私も池波氏同様、ふだんそれほど、ビフテキを食べたい、とはおもわない。

荻　なるほど、面白いですね。

池波　米沢なら市がそういう風にしているから、これはいいと思う。それだったら食う気にもなるけど、そうでない、あまりに馬鹿高いことになって来ると、たとえ金があっても食わないですね、他に何もないわけじゃないんだから。ですから、皆がある程度そういう風になって来れば、牛肉屋だっていくらか反省するんじゃないだろうか。

獣肉文化が牛鍋をうけ入れやすくした

荻　しかし池波さん、すきやきっていうのはわれわれにとっては、やっぱり御馳走、ハレの食品なんじゃないでしょうか。

池波　御馳走というと牛肉という風にイメージがなって来るのは、これは間違いだと思いますね。事実、安い牛肉だってあるわけだし、それですきやきしたっていい。

〈亭主蛇足〉氏の説にまったく同感なのだが、ただ、われわれ日本人の心性のなかに「御馳走といえば牛肉」というイメージが定着してしまった事実じたいには、それなりに興味がある。私の推測では、日本人の牛肉優位思考には、近年のマグロ、ハマチ尊重と根のおなじ、脂っこい〝栄養魚〟イメージ（の混同）があるように思うのだが、どうだろう。

荻　たとえば、輸入牛肉。最近、円高でちょっと話題になりましたけど、そういう肉なり小間切れ肉を佃煮などにすると実に具合いい。そういう意味では、そのうまい食い方の探究というか、開発を考えなくちゃならない。たとえば、先ほど池波さんがおっしゃった、小間切れとジャガイモと一緒に煮る方法とか……。

池波　これは牛肉じゃないんだけど、鶏肉のうまい食い方がある。昨日もやったんだけど、鍋に昆布ダシをバーッと沸騰させておく。そして、その小間切れを入れちゃあ食うわけです。

荻　大根おろしか何かで？

池波　大根おろしは入れない。唐辛子とポン酢だけ。で、食うでしょう。それで一杯飲んで食ってると、小間切れのスープがものすごく出るわけですよ。そしたら、そのスープに一回日本酒あけて、別の鍋でダーッと注いで漉す。で、またガスにかけて、沸騰したら熱い御飯持って来て、上からスープをかけるんですよ。おじやにはしない。塩をちょっと、コショウをパーッと……。肉はまだ残っているから、それも煮て食う。翌朝、そのダシをもとにして味噌汁を作る。鶏の小間切れで三食食っちゃうんですよ。

荻　実にムダがないし、うまそうだ。鍋ものとしては大変純粋ですね。それを池波家では、何と称してらっしゃるんですか。

池波　何とも称さないですがね。

荻〝仕掛鍋〟とか〝鬼平鍋〟……。（笑）

〈亭主蛇足〉拙宅では、ビールをダシに、豚肉を煮て食う、非常にアッサリした鍋ものが好みだが、じっさい、肉を素材にした鍋のバリエーションをみんなで披露しあったら、どんなたのしい賑やかさになることか、とおもう。

ところで、牛鍋は明治の初めに日本の国内で獣肉の解禁とともに流行した、という説はあまりにも有名になり過ぎてしまったでしょう。横浜あたりから牛鍋屋が始まったというようなことも、今や定説になっている。で、その明治の初めの牛鍋というのは、どういう仕立てで、どういう煮方をやっていたんでしょう。

〈亭主蛇足〉明治初期の〝牛鍋事始〟そのものについては、『当世書生気質』『安愚楽鍋』をはじめ、獅子文六氏の随筆、仲田定之助氏の『明治商売往来』など、あまりに文献が多すぎて、紹介の煩に堪えない。ただ、私、浅学にして、牛鍋屋の牛鍋が、いつ、どのように家庭化しだしたのか、については、まだ充分に調べがついていない。御教示をおねがいしたい。

池波　それは、今現に言われている東京風というやり方ですね。

荻　つまり、割下を煮立ててその中に肉を入れる。

池波　そう。つまり、それまで猪を食ってたやり方。

荻　ということは、明治以前の江戸時代に、他の獣の肉ないしは鳥の肉を鍋仕立てにして、割下とかあるいは醬油や甘味で食うという、そういう肉鍋の習慣は確立してたわけですか。

池波　してましたよ。牛肉はありませんが、猪は鍋にして食べてました。つまり、そうやって食べていたから、牛肉が入って来た時にもそれだけ抵抗が少なかった。

ムスコにチカラがつきすぎる

荻　江戸時代、牛肉を食べることはやはりなかった?

池波　ところが、それが大石内蔵助なんかも食っている、現に。近江牛の牛肉を食っていますよ。だけど味噌漬です。それを切って、網であぶって食う。ちゃんと食っていたんですよ。その証拠に、大石の手紙が残っている。

荻　どういう時の手紙なんですか。

池波　牛肉を倅に食わせようと思うんだけど、精がつき過ぎていけないから、食わせないようにしている。(笑) 吉田忠左衛門に書き送ったそういう手紙が残っています。

荻　文字通り、大石主税(チカラ)がついちゃう。(笑)

池波　自分が食ってみてそう思ったんでしょう。内蔵助は女遊びが好きな人だから、倅に食わせちゃいかんと。(笑) めったに食わないけど、牛肉は食っていたわけですね、元禄時代から。

荻　その場合、近江牛は肉牛としても飼われていたということでしょうか。

池波　やっぱりそうだったんでしょう。

荻　同時に農耕の牛でもあった？

池波　そうでしょう。と申しますのは、やっぱり食肉としてよりも、牛は人間とともに米を作る立派な宝ということですね。ですから、全般的にそれを食べるという風習はなかなか定着しない。

荻　結局〝薬〟という風な名目でしか食えなかった。

池波　滋養ということでしょうね。

荻　大石内蔵助時代だって結構うまかったでしょうね、近江牛の本物を味噌漬にして食ったら。

池波　ただし、それは一般の人たちにはとても口に入らなかったから、明治になって牛が入って来た時に、皆、あんなもの食うのはどうとかって言ったわけですよ。

荻　ナルホド、その点江戸時代、シシ鍋の習慣は田舎だけですか。

池波　田舎に限らず、江戸の近くにずいぶん出ています。下総《しもうさ》の山の中とか群馬の山の中とか、近くに猪がいっぱいいましたよ、今と違って。

荻　鳥類の肉へ移って、鴨南蛮なんかいつ頃から食っていたんですか。

池波　東京でそばに鴨南というのを入れたのは、やっぱり江戸時代でしょう。幕末には完全に鴨南があります。

荻　その頃、鶏はまだ全然食ってないんですか。

池波　食っています。鶏というのは、牛と違って食用にしてたくさんふやすことが出来るわけですよ。

荻　完全に最初から食用だった？

池波　ええ。たとえば、坂本竜馬が殺された時、鶏を食っていますよね。

荻　そうなんですか。

池波　鶏って言っても軍鶏《しゃも》だけれども、殺される夜に下男に買わせにいきます、「臓物を切り込ませて来いよ」と言って。それで、その下男が行った留守に刺客が来て切られちゃう。

荻　その竜馬が食いそこなった（笑）軍鶏は、どうやって食おうとしたんでしょう。

池波　やっぱり今のように鶏鍋、つまりすきやきです。

荻　神田の〔ぼたん〕でやっているような鶏すきだったわけですか。

池波　ええ。

荻　鶏すきという料理そのものが既にあった？

池波　鶏すきという名前じゃない。鶏鍋でしょうね。

荻　いや、これをくどく伺うのも、僕は鶏を食うにしても、日本人は最初上野の〔鳥栄〕でやっているように鶏のスープで煮て食ったりなんかしてたんで、むしろ〔ぼたん〕みたいな鶏すきは、牛のすきやきのほうから転化していった料理かと当て推量してたからです。ところが、そうじゃないわけですね。やはりハナから醤油で煮て食ってた。

池波　そう、今のすきやきと同じです。

荻　そうすると、明治になって牛がタブーから解き放たれて牛鍋になるのは、心理的には比較的素直にいった料理だった？

池波　他の獣肉を同じようにして食べているわけだから……。ただ、牛の肉を食うということに抵抗があるわけですよ。

荻　今まで友だちであったんですしね。

池波　それまで獣の肉を食うところは、両国のどこへ行かなきゃならんとか、新宿の中山道の街道のどことかに行かなきゃと、三つか四つしかなかったわけでしょう。それが牛鍋となると、銀座あたりにもどんどん牛鍋屋が出来るんで皆行きやすくなるし、ちょっと覗いてみようかということになる。初めは嫌がっているんですが、一回食べればうまいからどうしようもない。

荻　今でも馬に関しては、地方によっては食べるところ、食べないところとずいぶん違いがありますよね。

池波　やっぱり、人間とともに暮していることが関わって来るんでしょう。

荻　牛に関して明治も割に早くタブーが解けたというのは、やっぱり肉がおいしかったからでしょうかね。

池波　それはあったでしょうけど、馬と牛とどっちが役に立つかということから考えると、馬のほうが必要なんです。ただ、農耕に限らずすべての運搬というものは、牛よりも馬に頼っている時代である。それは軍隊でもそうです。そういうことから、どうしても馬のほうが牛に比べて大切となる。

荻　結局、トラクターか耕耘機みたいなものであったわけだから、役立つ方がいい。

池波　それに、馬と違って牛はその他にも用途がありますからね。牛乳が出ますでしょう。それから色んなものが出来るということで、どうしても食用のほうに重点が置かれて来たんでしょうね。

荻　米沢のあの地方では、ほとんどの農家が牛と家族同様のつき合いで暮してたらしいですね。米沢の農家は長方形の母屋があって、そこからL字型に一つ牛小屋が出ていて、二頭ぐらい飼っている。その牛小屋と母屋の間が土間兼玄関になっていて、だから、その空間は人間と牛が共有する。そういう形は今でも残っているらしいですからね。大事に大事に飼ってて、米沢あたりでは牛に米とか麦を炊いて食わせているそうです。松阪の、例のビールを飲ませる牛だけが評判になっているけれども、米沢ではまた違う可愛がり方をしている。

池波　それは、可愛がるということもあるけれども、うまい肉にする方法でもあるわけだ。

荻　そうです。それから、取材して面白かったのは米沢での牛の集荷方法と、松阪、つまり〔和田金〕の牛を飼う方法と基本的に違うことでした。〔和田金〕の場合は、但馬《たじま》で八ヵ月くらいまで育った子牛を買い集め、松阪の直轄牧場へ連れて来て英才教育を施す、サーモスタット付きのガラス張りの畜舎で。それが三十二ヵ月になれば落とす。だから、管理は完璧になりますが、当然完全に量が限られてしまうし、途中から補充もきかないし、他から買い入れるということも出来ない。だけど米沢の場合は、さっき言った一軒に二頭ぐらいずつ飼っている農家をそのまんま温存させておいて、牛買いの商人が農家を丹念に回って、いい牛を買いつけて信頼のおける肉屋さんに売る。そういうシステムをとっている。だから、産業としては不安定ではあるが、出来上りは割合に柔軟なんじゃないですかね。それぞれに誠意と面白い良さがある。

池波　どちらにしても、それだけ手をかければ、柔かくてうまい肉になるわけだ。

東京のいい肉は全部浅草に集まる？

荻　それにしても、子供の頃、今夜はすきやきというと嬉しかったですね。

池波　すきやきとは言わない。牛鍋ですな。（笑）そりゃ嬉しいですよ、十日に一ぺんぐらいしかやってくれませんから。だから、その頃小遣いをもらいましょう。一日に二銭か三銭ですよね、小学生のお小遣いは。たいてい他の子供は、そこでメンコ買ったりベーゴマ買ったりしちゃう。でも、僕は貯めておくんですよ。貯めといて、上野の松坂屋の食堂へ行ってビフテキ食ったりね、一円五十銭の。で、牛肉が食いたい時は浅草へ行って屋台で牛丼食うんですよ。牛飯ね。それが、〔ナナ〕という広小路のカフェーの前に出ている牛飯屋がありました。他が十銭の時十五銭だった。評判の店でね、エノケンなんかもよく一緒に食ってましたけどね。まあ、うまいんだねぇ。

荻　やっぱりスジを使っているわけでしょう？

池波　使ってる。

荻　ニョロニョロのやつですね。

〈亭主蛇足〉それにしても、牛のスジをゼラチンみたいにヌルヌル化した、牛丼のコッテリと濃い味わいよ。

池波　そう。それで、おやじというのがなかなかいなせな男で、あれでプライドがあるんでしょうな。それでエノケンなんかと一緒に食ってると、「なんだ一人で来て、子供のくせに生意気だ、この野郎」とか言って……。（笑）

荻　そりゃそうでしょう。

池波　後年、私が芝居の仕事をするようになって、エノケンに会ってその話をしたら、「そんなこと私は覚えてないです」……当り前だね。（笑）しかし、昔の下町の屋台店というのは皆個性があって、セレクトが出来たんですよ、子供でもね。今のように単一化してない。

荻　そりゃそうです。マクドナルド・ハンバーガーとは違う。（笑）とにかく、屋台だけじゃなくてどこの都会でもそうでしょうが、下町には個性的な店が多い。先ほど〔米久〕という名前が出て来ましたが、僕にとっても子供の頃、浅草の〔米久〕へ連れてってもらうのは、すごく楽しいことだった。高いうちじゃない。すきやきが、一人前七十銭か八十銭ぐらいだったんじゃないかな。

池波　いや、七、八十銭はいいほうですね。中くらいのは五十銭からありまして、高いのになると一円とか一円五十銭……だいたいこのくらいかな。

荻　あの店の二階は、ぶち抜きの非常に広い入れ込み座敷だった。今はむしろ狭くなったんじゃないですか。

池波　昔より狭いですけれど、今でも入れ込みでしょう。僕が子供の頃はもうああなっていました。震災後すぐでしょう。震災後の建物でしたよ、僕が行ったのは。

荻　東京で〔米久〕の他にああいう入れ込みの店というと……。

池波　〔ちんや〕がそうです、今でも。昔の建物は立て直しちゃったけど、入れ込みになっている。

荻　僕は割合に浅草の肉は好きなの。〔ちんや〕とか〔米久〕とか〔今半〕とか。

池波　海軍時代の僕の上の人が、今浅草でもって寿司屋の主人なんですよ。〔紀文寿司〕という、浅草の人は皆知ってる店のおやじなんですが、この間電話かけて来て、東京の肉のいいのは皆浅草へ集まっていると言うんです。「あんた本当か。そんなことないでしょう」と言ったら、「いや、本当なんだよ、君」と。

荻　少なくとも、土地の伝統があることだけは確かみたいな感じがします。

池波　一般的に誰でも食べられる、感じのいい肉というのが集まっているということなんでしょうね。

荻　そういうことですね。買いに行くのも食べるのも気安い感じ。

池波　昔から比べて高くなったけど、しょうがないですね。でも、〔今半〕なんかだったらいいですよ、女中も親切だし入れ込みで食べられる。〔今半〕特製のビフテキといったら、昔のままの味が残っている。

荻　〔今半〕はビフテキも出すんですか。

池波　ウスターソース焼きのようなビフテキでね。〔須田町食堂〕でビフテキやるような、ソースで焼くやつなんだ。

荻　こういう東京の洋食屋の話になると、池波さんの完全な領分になっちゃう。（笑）たとえば湯島の〔江知勝〕とか新橋の〔今朝〕、白金の〔松喜屋〕や〔はせ甚〕などの伝統は、どういうところから出て来たんでしょうね。やっぱりこれらは〔米久〕なんかと全然違いますでしょう。

池波　違います。

女郎屋の長火鉢でつつく牛鍋

荻　明治の初めの、いわゆる『安愚楽鍋』とか、それから『当世書生気質』に牛鍋が出て来ますけれども、当時は書生たちが食べられるほど牛も当然安かった。今あげたすきやき料亭の代表格とは、まるでイメージが違いますよね。

池波　それは安かったですね。しかし、他のものから比べたらやっぱり高いですよ。たとえば、浅草あたりにも高見順なんかよく行ってた居酒屋風の昔からの飯屋があったけど、そこでいちばん高いのは牛鍋ですよ。

荻　やはり、最初から牛は貴重品ではあったわけだな。

池波　小さな真鍮の鍋に、肉と野菜を一緒に入れて、ダシを張ってガスでバーッとやる。

荻　森下町の「蹴とばし屋」〔みの家〕でやっているような鍋？

池波　ああ、あれだ。いちいち入れながら煮るんじゃなくて、一度に全部やっちゃう。たらふく食べ切れないけど、よく食っていましたよ。

荻　そうすると、それが今みたいにお高く洗練されちゃったのは、いつ頃からなんでしょう？

池波　僕は十三の時に株屋へ奉公に行きまして、それから色々食いましたが、その頃浅草の〔今半〕の別館というので食べた時は、もう今のようにしていました。私が十四の時ですね。ですから、今のようなやり方というのは、大正時代に入ってからじゃないかと思いますね。

荻　今おっしゃったので、一人前いくらぐらいだったんですか。

池波　一人前五円でした。高かったですよ。株屋は金がどんどん入って来るんですよ、子供にも。

荻　じゃあだいぶ様々な店にもいらしたんでしょう。

池波　鶏の〔金田〕なんかも行きましたね。当時鶏鍋が三円五十銭でした。だから、その時でもちょっとしたもんですよ。女中は、〔今半〕の別館だと一円やらなきゃならなかったけど、〔金田〕だと五十銭。

荻　そうすると、〔米久〕の七十銭、八十銭というのでも、ものすごい安さだったわけですね。

池波　そう、安いほうでしょうね。

荻　池波さん、最後に〝鍋〟で話を閉じたいと思いますが、江戸時代に、江戸でカキの土手鍋だとかネギマだとかドジョウ鍋だとか、ああいったものはいつ頃から始まってたんでしょう。初期からもう……。

池波　ああいうものの、色んな食い方が出来て来たのは中期以後です。それ以前は、鍋そのものがないです、鍋にするという。

荻　そういう習慣がない。

池波　少なくとも享保、八代将軍吉宗の頃までは、鍋にするということはほとんどない。

荻　じゃあ、蛤《はまぐり》にしても何にしてももっとズサンというか、ああいう楽しい共食とは別の食い方だったわけですね。

池波　庶民の知恵がそういうことを始めたんですね。

荻　その頃使ってた鍋は何鍋でしょう。

池波　もう鉄の薄鍋は無論ありました。それから小さい土鍋。一般の庶民たちは、ほとんど小さい土鍋でやったんじゃないですか。小さな土鍋というのは非常に便利なものですからね。

〈亭主蛇足〉一年の連続対談の最後に、私の関心は、またもや「鍋もの」へ帰ってきてしまった。一つ丸い容器へ周囲の全員が各々の箸をつっこみ、同じ味をたしかめあう鍋もの。世界で、日本ほど多彩な発達をさせたところは一つもない、このあたたかく親しみ深い共炊共食形式。そこには、身内愛から平均主義までの、われわれの心性ぜんぶが生きているのではあるまいか？

荻　その頃、たとえば江戸で鍋を突っつくという場合は、七輪を囲んで？

池波　ええ。当時の一膳飯屋でも、鍋を食っている図がいっぱい残っていますわね。入れ込みに七輪持って来て。

荻　個室で差し向かいという、そういう風景は？　四畳半で……。

池波　それはありますよ。その時に小鍋をしたいと思えば、七輪もあったでしょうけど、火鉢が多いでしょうね。長火鉢なりなんなりで。

荻　すると、われわれは長火鉢に鍋をかけて食うという粋な文化だけ知らずに育っちゃったわけだ。
池波　長火鉢がなくたって、瀬戸物の火鉢だっていい。
荻　そりゃそうですけど、色っぽくないよ。（笑）池波さんは長火鉢に小鍋かけて差し向かいをなさったほう？
池波　そんなことは何度もあります、十八、九の時分。女郎屋がそうですもん、あなた。吉原へ行けば、長火鉢が置いてあるんですもん。湯豆腐でも何でも外からとる。
荻　羨しい話です。そういう時にもすきやきというのは、うまいもんじゃないでしょうか。
池波　それはうまいですよ。
荻　粋な部屋でなくったって、牛肉を醬油と甘味で食うという、料理の知恵としては大変うまい食い方ですね。
池波　それは勿論です。ですけれども、そういうものだからこそ、いい肉を家庭でやるということには、僕はちょっと抵抗を感じるんですよ。

於：市ヶ谷　割烹「大隈」

『食卓のつぶやき』

初　出　朝日新聞社「週刊朝日」一九八三年一〇月一四日号〜八四年七月二〇日号
初　刊　朝日新聞社　一九八四年一〇月
文　庫　朝日文庫　一九八九年四月
新装版　朝日文庫　二〇〇八年四月

「すきやき」

初　出　日本交通公社「旅」一九七七年一二月号
初　刊　荻 昌弘『快談快食 味のふるさと』日本交通公社　一九七八年六月刊所収
文　庫　荻 昌弘『快食会談 味のふるさと』旺文社文庫　一九八二年一一月刊所収
池波正太郎『酒肴日和』徳間文庫　二〇一五年九月刊所収

編集付記

一、本書は『食卓のつぶやき』（二〇〇八年四月、朝日文庫）を底本とし、巻末に『快食会談 味のふるさと』（一九八二年一一月、旺文社文庫）所収の荻昌弘氏との対談「すきやき」を増補したものである。

一、底本中、明らかな誤植と考えられる箇所は訂正し、難読と思われる語には新たにルビを付した。

一、本文中、今日の人権意識に照らして不適切な語句や表現が見られるが、著者が故人であること、執筆当時の時代背景と作品の文化的価値に鑑みて、そのままとした。

中公文庫

食卓《しょくたく》のつぶやき

2021年11月25日　初版発行
2024年 8 月30日　3刷発行

著　者　池波正《いけなみしょう》太《た》郎《ろう》

発行者　安 部 順 一

発行所　中央公論新社
〒100-8152　東京都千代田区大手町 1-7-1
電話　販売 03-5299-1730　編集 03-5299-1890
URL https://www.chuko.co.jp/

ＤＴＰ　嵐下英治
印　刷　三晃印刷
製　本　小泉製本

Published by CHUOKORON-SHINSHA, INC.
Printed in Japan　ISBN978-4-12-207134-6 C1195

中公文庫既刊より

各書目の下段の数字はISBNコードです。978－4－12が省略してあります。

い-8-8
青春忘れもの 増補版
池波正太郎
小卒の株仲買店の小僧が小説家として立つまで――。著者の創作のエッセンスが詰まった痛快な青春記。短篇小説「同門の宴」を併録。〈解説〉島田正吾
206866-7

い-8-10
チキンライスと旅の空
池波正太郎
自分が生まれた日の父の言葉、初めての人と出会う旅の醍醐味、薄れゆく季節感への憂い……国民作家が語る食、旅、暮し。座談会「わたくしの味自慢」収録。
207241-1

あ-13-6
食味風々録
阿川弘之
生まれて初めて食べたチーズ、向田邦子との美味談義、海軍時代の食事話など、多彩な料理と交友を綴る、自叙伝的食随筆。〈巻末対談〉阿川佐和子〈解説〉奥本大三郎
206156-9

い-116-1
食べごしらえ おままごと
石牟礼道子
父がつくったぶえんずし、獅子舞にさしだした鯛の身。土地に根ざした食と四季について、記憶を自在に行き来しながら多彩なことばでつづる。〈解説〉池澤夏樹
205699-2

し-31-7
私の食べ歩き
獅子文六
日本で、そしてフランス滞在で磨きをかけた食の感性と、美味への探求心。「食の神髄は惣菜にあり」との境地を綴る食味随筆の傑作。〈解説〉高崎俊夫
206288-7

む-27-2
食道楽
村井弦斎
村井米子 編訳
和洋中、四季折々、多種多様の料理をレシピと共に味わうグルメ小説の元祖。明治期空前のベストセラーを読みやすくコンパクトな現代語抄訳で初めて文庫化。
206641-0

よ-5-10
舌鼓ところどころ／私の食物誌
吉田健一
グルマン吉田健一の名を広く知らしめた「舌鼓ところどころ」、全国各地の旨いものを紹介する「私の食物誌」。著者の二大食味随筆を一冊にした待望の決定版。
206409-6